◆◆ 中国文学名家散文精选丛书

喧嚣中的乌托邦

尧鑫 著

江西高校出版社
JIANGXI UNIVERSITIES AND COLLEGES PRESS

南 昌

图书在版编目（CIP）数据

喧嚣中的乌托邦 / 尧鑫著 . -- 南昌 : 江西高校出
版社 , 2025.6. -- (中国文学名家散文精选丛书).
ISBN 978-7-5762-5674-1

Ⅰ . I267

中国国家版本馆 CIP 数据核字第 2024979DD9 号

责 任 编 辑　孙祥耀
装 帧 设 计　夏梓郡

- -

出 版 发 行　江西高校出版社
社　　　址　江西省南昌市新建区工业二路 508 号
邮 政 编 码　330100
总 编 室 电 话　0791-88504319
销 售 电 话　0791-88505090
网　　　址　www. juacp. com
印　　　刷　鸿鹄（唐山）印务有限公司
经　　　销　全国新华书店
开　　　本　650 mm×920 mm　1/16
印　　　张　13
字　　　数　160 千字
版　　　次　2025 年 6 月第 1 版
印　　　次　2025 年 6 月第 1 次印刷
书　　　号　ISBN 978-7-5762-5674-1
定　　　价　58.00 元

赣版权登字 -07-2024-934

目　录
CONTENTS

第二辑
有情人间

第三辑
哲思生命

第一辑

草木自然

喧嚣中的"乌托邦"

城市如海。人来人往的街市上，人声喧嚣，犹如翻涌的浪声涛涛不绝于耳。居住在城中的人就像一条条鱼儿，稍不留神就被湮没在大海深处。

对于"性本爱自然"的我来说，总想像柏拉图一样，能在内心建立一处理想的"乌托邦"。然而，尘世太过喧嚣，尤其在东莞这样一座被外人视为"文化沙漠"的城，想要寻得这样一处寂静之地，总是太难。

然而，我是幸运的，三年前偶然得知在邻镇樟木头有一座观音山并欣然前往，自此，对它的喜爱竟一发不可收拾。三年来，一有空闲，想要放松一下自己，观音山就是我的首选之地。在我看来，它就是这喧嚣中的"乌托邦"。

每次攀登观音山，我都像一个精神上的行者，以期在这里安放自己疲惫的灵魂，求得佛音的慰藉和大师的启迪。唐代诗人刘禹锡有云："山不在高，有仙则名。"暂且撇开为人们津津乐道的"在观音山求签灵验"的说法，单在观音殿内和大师畅聊佛法，就是一次精神上的升华。犹记得和山上的果缘大师初次谈佛时的情景。我问他何谓"佛"，他双手合十，答曰："阿弥陀佛，其实，佛即心。"简短的回答，却令我思绪万千。礼佛之人，亦是向善之人，"礼佛"正是"礼心"啊！的确如此，在物欲横流、世风日下的现世社会，需要安魂的，正是我们被蒙蔽的、孤独痛苦的"向善之心"。人类在现代化的进程中，已然拥有了繁多的物质，生活也看似五光十色、光彩陆离，但是，我们却越来越感到孤独，越来越感到人情的淡漠。物质的孜孜以求，换来的竟是精神之根的沦丧。人生百年，就在对物质的追逐中匆匆而过，甚至于为物质而丧失生命的人也是数不胜数。正如大师所言，即使一个人命中有富贵，假若刻意加快脚步去追逐，也终究没有这个"福报"去消受，与命运"擦肩而过"。两千多年前，孟子就发出了"人性本善"的箴言，这个世界，历史漫长地流落到今天，太需要一种真性情的回归了。那么，珍惜生命的人们，不妨停下匆忙的脚步，怀着一颗恬静之心来到观音山吧！

钢筋水泥的现代化城市真的太过拥挤了，以至于连诸多山川、林木、江河都被欲望所践踏，所以，能有观音山这样的去处，算是幸运之至了。这里有美妙的天籁，婉转的鸟鸣、潺潺的流水证明了自然的存在；这里有丰富的色彩，蓝天白云、绿水青山证明了人生的多彩；这里有生动的形象，盘根错节的古树、摇曳生姿的野花证明了生命的丰富。看这古树连成的林海，山风飒爽而至的时候，枝舞叶涌，仰俯起伏，这万千棵古树就像万千根跃动的琴弦，弹奏出惊心动魄的"自然交响曲"。如果你愿意，你可以一直这样，闲适地坐在山间，听这时常奏响的"自然交响曲"，与自然为伴，直到金色的阳光变成天边的那一抹红霞。

选择来到这里，我们就是选择聆听内心，选择为"心"做一次力所能及的修行，为精神上的困扰寻找释放之地。或许，对于远道而来的你而言，这将成为一生中最具启发性的一次旅行。观音山的景致全在自然之色，没有金碧辉煌的浮夸建筑，连观音圣像也并非金身辉煌，却仍止不住游人如织。在观音广场瞻仰观音圣像，烧香礼佛，这是朝拜，更是对蒙尘的心的洗涤。仔细观察，这观音法相并不宝相庄严，有的只是悲悯之色，所谓相由心生，"大慈大悲"——这才是真正的普度众生之心啊！不自觉地跪在蒲团之上，潜心礼佛，那纯净的佛音，有如天籁传向有如胎体倒挂的双耳，再传递到心底，启迪真实的内心。有人说，耳朵最能展示一个人生命之初的形状。那么，真实的内心，最能展示人的品性。尝试恢复自己的"本善"之心吧，尝试做一个高品格的人吧。如果能遇见各地大师云集的诵经法会，听这一声声梵唱潜入心底，一种深刻的谦卑莫名涌起时，我们更会感到信仰的神圣。哦，不，应该是"真实的心"的神圣。

感谢上苍，让我们在喧嚣的城市之海，还能有这样的寂静之地去皈依心灵。城市太过喧嚣，如果有可能，像我一样，常来观音山吧。哦，观音山，我赞叹你，喧嚣中的"乌托邦"！愿你在尘世中挺立，在喧嚣中永存，因为，有你，我们才不至于沦丧真实的内心。

大美柗槎山

　　登柗槎山，即便是在烈日炎炎的夏天，你也不必担心嚣张的阳光会
晕黑你的容颜。成林的树木之间，浓郁的葱茏遮天蔽日。风过之时，细
碎的阳光调皮地从摇曳生姿的树叶之间穿越缝隙，落进你的眉眼之间，
不但丝毫不打扰你的心情，反而令你更体会到别样的情愫。

　　柗槎山不高，仅 400 余米的海拔；柗槎山不远，就在合肥市域内。
兴许，正因为不高也不远，人们更乐于攀登此山，享受登山带来的酣畅
和山水给予的喜悦。所以，你能看到这样的景象：各种各样的人从城里
的喧嚣之处、从四面八方涌来，以期在这里得以清洗被浸染的浑浊之气。

　　峰回路转了不知多少次，一座气势磅礴的山峰就这样矗立在眼前了。
山峰簇拥之间，正是"甘露寺"，当地人称之"大山庙"。有山峰，有
寺庙，有自然，有人文，那么，相比繁闹、快节奏的市区，浮槎山的时
光应该是柔软的吧！于是，在山顶的甘露寺前，被阳光包围的我眯着眼
睛，企图看清楚时光的模样。有飞鸟划过天空，用一声声脆鸣，扰乱了
我的视觉，我只好收住目光。因为这千仞立壁、层峦叠嶂，寺庙成功与
俗世隔绝。避开阳光，看寺庙顶上的天空，蓝莹莹的，就像晶透的玻璃，
大朵大朵的白云悠然地浮在玻璃之上。山门殿前是伏地而笑的弥勒佛，

让你倍感亲切。有小孩走上前，偷偷去摸他的肚子，大人赶紧拉回，说得罪不得。我忖度：人们若是认为佛的度量连小孩的好奇都容纳不得，那真是枉来此遭了。弥勒佛后，是在诸多神话故事中被扭曲了形象的二郎神。奇怪的是，走过诸多寺庙，二郎神是少见的，而甘露寺却堂而皇之地将他展示在人们的面前。殿左右的四大天王，各有其态，惟妙惟肖。殿中，左右分立着观音菩萨和地藏王菩萨。轻抚寺庙这厚重的墙砖，不禁感慨："这不就是凝固的时光么？"进入庙内，便见中央立着一座大香炉，香火旺盛，持香叩拜的人不少。在袅袅的香烟和人们的祈祷声中，甘露寺，散发着时光晕染的温暖和暗香。时光在历史的迁徙中渐渐老去，甘露寺也已然有些沧桑，幸得有山水的浸润，让它能在千百年的流落中得以遗世独立。绕香炉，拾级而上，庄严辉煌的大雄宝殿便赫然眼前。有人说，这恢宏气势不亚于九华山，兴许正因此，浮槎山又称为"北九华"。九华山我未曾去过，不敢妄评，但是见识过雍和宫的大雄宝殿的我，却也不敢小觑这甘露寺。

又跟着前面的旅者走了不久，发现一家茶厂，内有两眼泉水。有人说，这就是著名的"合巢泉"了。你若是没见过，听这名字，便可想象：这一清一白两眼泉，泛着清澈的眸子，轻易地挑动起你的味蕾。不信，你瞧！有行人倒掉了瓶中的水，舀起自方池东北角石缝中流出的清泉，开怀畅饮起来，让你也不由得想一品究竟。看身边趋之若鹜的人们品泉后的模样，我终于按捺不住，效仿起来，捧一掬清泉入口，清爽甘醇径直滑入心间，仿佛融入了血脉，浑身一个激灵，瞬间，因爬山而带来的疲乏消失殆尽。相信，远道而来的你。若是尝到此等清泉，在感叹不虚此行的同时，也会情不自禁地赞叹：此泉只应天上有！同行的人中有本地人，看着我们这些外乡人，眼里满是笑意，笑呵呵地说："这泉水还有个奇特之处呢！"大家都满含期待，等着那人的下文。却见那人沉思片刻，说："这一清一白两眼泉水，下大雨也不涨，久旱也不干涸，不管人们汲取多少，或是流出多少，都始终保持尺把深的水位。无论旱季还是雨季，水位相差不过分毫而已。"众人纷纷赞叹，真是神奇啊！泱泱中华大地，有山有水之处并不难见，但这"合巢泉"竟还有这等神奇，着实不寻常！仅这一点，就足以让游人铭记浮槎山了。

宋人王观有词云："水是眼波横，山是眉峰聚。欲问行人去那边，眉眼盈盈处。"想到这里，我慨然，无怪乎浮槎山游人如织了。这浮槎山，不正是"眉眼盈盈处"吗？如果说，这山犹如稳重成熟的圣哲的话，那么泉水，就是那豆蔻女子灵动的双眸。

美哉，浮槎山！奇哉，浮槎山！你用自然的毓秀彰显了大美，你用独特的姿态积蓄着神奇。还在犹豫着去哪里度过闲暇时光的行者们，不妨来到这"眉眼盈盈处"，在自然与神奇中感受大美浮槎山！

你是人间的四月天

——扬州行随感

又是草长莺飞时，时间悄悄地走过了萧肃清冷的冬天，来到了芳菲满园的春天。

此前，我虽未曾来过扬州，但早已为汪沆"垂杨不断接残芜，雁齿红桥俨画图"和惺庵居士"亭榭高低风月胜，柳桃错杂水波环"笔下的景致所迷醉。因为课题研究的关系，亦曾研读清人李斗的《扬州画舫录》，李氏对扬州古城风貌、戏曲、文人轶事等的详细记载，更是令我对扬州倾慕不已。于是，终于在天时、地利、人和兼具的今天，我来到了扬州。

"人间四月芳菲尽"，农历四月的扬州，却花开正旺，让你全然忘却已是暮春时节。在这样的旅行旺季，在诸多的悦己者面前，此刻的扬州，更是极致芳华，尽显其江南秀女般天生的丽质。

来到扬州，瘦西湖便不得不看。我常常觉得，湖水是一座城灵气的氤氲之地。在钟灵毓秀的江南，水并不难见，但出名的湖不多。而瘦西湖的名声早已被历代文人墨客遍传于神州南北。在我那已然被诗词浸染得无以复加的扬州梦里，瘦西湖是定然会出现的。梦境中，她总会在不经意间幻化成一个清秀可人的古典秀女模样，腼腆地挪着步子，绕绿堤，穿花径，在柳叶繁花间隐约地闪现着姣好的面容，待到她将要走到面前，却又消失了。于是，她那撩人心湖的身影就这样缱绻、缠绕在我的心间，成为潜伏在内心深处难以排遣的美丽憧憬。

说到瘦西湖，人们总会不自觉地将其与杭州西湖比较一番。见识过西湖的我自然也不例外。然而，一番衡量对照过后，我却着实难以分晓二者孰重孰轻，只能说各有千秋，正如"环肥燕瘦"，各有其风韵与姿态。瘦西湖自然有其独特的韵味——相比杭州西湖，扬州的瘦西湖的确是"瘦"了许多，但她的瘦毫无落魄之气，相反，会让你感受到一种别致的清雅。

单就瘦西湖西边的廿四桥景区来看，便能断言二者的不同。如果说，杭州西湖边上的那座断桥留给我们的，是一段旷世奇缘带来的人文美感，那么，瘦西湖的廿四桥能让我们情不自禁发出人文建筑与自然风情二者如此惊人、和谐的赞叹。对于游人而言，廿四桥绝不仅仅是从此岸通往彼岸的途径，更是对杜牧描绘的"二十四桥明月夜，玉人何处教吹箫"的流丽意境的追随。廿四桥由山涧栈道、单曲拱桥、三折平桥和吹箫亭相连组合而成，黄石垒成的山涧栈道，雄浑古朴；单曲拱桥为汉白玉栏杆，远望如玉带飘逸，似霓虹横卧绿波之上；栏板上彩云追月的浮雕，桥与水衔接处的云状湖石层层堆叠，四周繁花馥郁。桥上，有情侣们携手共行。这番景象，令我不禁联想起多年前的琼瑶剧《水云间》片尾曲中的歌词——"犹记小桥初见面，柳丝正长，桃花正艳。你我相知情无限，云也淡淡，风也倦倦……"的确，这般清新雅致的情境之下，"有缘千里来相会"的邂逅绝不是不可能的。

四月的天空下，扬州城就如一个精灵在春天闪耀，交舞变幻。不知何时，细雨悄然而至，烟雨蒙蒙中的瘦西湖，竟平添了一分朦胧美。亭台里唱着曲儿的人们可不理会这雨，仍是优哉游哉地弹唱着绮丽婉转的曲词。在雨中听小曲，着实是件浪漫的事情。这不，果真有几对情侣往亭子里围去。亭外的细雨点点洒在花树之间，亭内的曲子丝丝轻扬，在空气中久久萦绕。我见雨细如断了的丝线，就未打伞，却又怕惊扰了唱曲的人，便站在亭外细细地听。这曲儿逐渐飘逸出亭外，和簌簌的雨声交杂，与轻风应和，竟也合成了一曲人文与自然的交响曲。有清风盈袖，有花香满衣，又有南曲悠扬，还有雨点滋润，真是难得的机遇啊！我已然深深沉醉。

"嗨，你的地图掉了！"耳边传来一声轻喊。我转身，只见一双拿着地图的手向我递来，手指纤长、干净。我再抬头看去，眼前是一张俊秀白皙的面容，那双深褐色的眼里满含礼貌的笑意。我立时愣住，竟忘了接过地图。对方嘴角上扬起来，抖了抖手，笑道："你的地图。"我这才反应过来，伸手接过，顾不得失态，问："你可是戏曲演员某某？"（因涉及隐私，此处略去。）对方默而不语，只是笑着看我。我盯着他，再三打量确认之后，说："那你可记得？我是子玉，曾因课题关系电话采访过你的。"对方露出明显的惊讶神色，说："哈，是你啊！真巧！"又是笑声，清朗得有如这明媚的春天。是啊，真巧！四月的扬州城，注定是不平凡的，给太多的人制造了太多的偶遇。

扬州古城，你是这样锲而不舍地让人留恋不已，又是这样执着地予人惊喜！风光旖旎的扬州城，在让我终于一睹芳颜的同时，也让我在芳菲满园的四月，偶遇了期待已久并一见如故的友人。

于是，落雨中的瘦西湖，成了我心中诗意无限的人间四月天。

沈园

　　山岗上的褐色早已经化作青绿。一个人踏在歪歪斜斜的青石板路上，怀揣着灵魂深处的一点温情，缓缓地走着。蒙蒙雨意，化成了满眼的绿雾，缠绵地说："我认得他，他是陆游。"

　　"沈园。"陆游抬头看着眼前的两个字，轻轻念出声来，却不想很沉很痛地将这二字砸在心上。那个被杂草渐渐葱郁起来的故事，被青砖慢慢凝固起来的故事，在此时此刻，被斜风细雨敲散，弥漫了整个园子。故事里，有一个一经提起，就仿佛一块石头砸向陆游心湖的名字——唐婉，引起久久不愿散去的波澜。

　　风很淡，雨很细，陆游的思绪飞向了从前。陆游还记得——在某个明媚的春日里，那个与他共吟"郎骑竹马来，绕床弄青梅，同居长干里，两小无闲猜"的唐婉；在某个夏日，那个将蜜蜜情愫化作喉咙中的清歌一曲，沁入心田的唐婉；在某个秋日，那个泪光点点，感叹暴霜无情，人比黄花瘦的唐婉；在某个冬日，那个叮咛嘱咐他"天甚寒，更添衣"，拥暖茶，捧书香的唐婉。

　　那个让他魂牵梦萦的唐婉，终于再没来过沈园。在那次同样是春天里的相逢后，她没再回来。

　　陆游还记着那次邂逅，然而，那花一样的面容却在不久后香消玉殒，只留下一句"世情薄，人情恶，雨送黄昏花易落"的埋怨。

四十年前的柳丝轻拂过四十年后的他的记忆，四十年后的流水唱响了四十年前的他的心声。那块碑还在，只是文字模糊了许多。他抚摸着石碑，像是对生命的召唤。

"红酥手，黄縢酒，满城春色宫墙柳。东风恶，欢情薄，一怀愁绪，几年离索。错、错、错！如旧，人空瘦，泪痕红浥鲛绡透。桃花落，闲池阁。山盟虽在，锦书难托。莫、莫、莫！"吟罢，他已泣不成声，唯有泪千行。

他的眼泪冰冷冰冷的，融入了春风细雨，融入了烈酒春波。就让这泪化作相思雨吧！他将杯中的酒一饮而尽，只为这沈园，这人，这四十年仍执着不变的一切。

陆游把深情斟了满满的一杯又一杯，酒一杯又一杯被他饮尽。他却没有醉，风雨里捎来的花草生命的消息让他怀想：自己的生命是什么？

酒杯翻了，他醉了，倒了。

繁茂的花荫与曲折的小径在他的梦里反复出现，所有的爱恨情仇在脑海中分明呈现。那曾经为他灿烂如花的笑颜是哪般往事的铭记？他不明白，为何一生所坚持的爱，却如此地艰难？

梦境中，沈园到处生长着蓼花，一位红衣女子姗姗走来，甜甜地笑着，微风挽起她的裙角，逗弄着她的发梢。

陆游还没醒来，为了追溯这一段往事，他醉了一生。他把生命一半献给了天下兴亡，一半留给了唐婉。

陆游以为，这就是他的心、他的爱和沈园、唐婉一起永恒的时候。可是，他知道吗？月亮再也不会圆，伤心桥下的春波再也不会那般碧绿。只是草地上的一缕馨香，空空缠绵了千年。

唉，这样一个沈园……

听，花开的声音

——登观音山有感

岭南腹地——莞邑大地之上，青山的怀抱中，藏着一个喧闹而又安静的小镇。说它喧闹，是因为这里房地产业的蓬勃气势、旅游业的方兴未艾，诸多港人港商侨居于此，赋予了它"小香港"的美誉。说它安静，则是因为隐藏在它心脏深处的幽胜之地——观音山。

如果说古老的丽江小城因玉龙雪山而显多情，那么灵动的樟木头则因观音山而显神秘。烦杂之事如丝弦千丝万缕却又无端，繁忙的都市生活让心灵蒙尘，心灵之花黯然颓落，观音山是让我洗去凡尘，心花重现的幽静之处。

"每一株草都有开花的权利"，细看观音山，漫野的葱绿，你会有绿肥红瘦之感，却又难忘那万绿丛中的零星小花。在这座繁闹的城市，这处现代化的集中之地，却能寻得一个如樟木头这般娴静如处子的小镇，还能访得一座如观音山一般幽静的去处。若能定居于此，我想：应该能彻悟陶潜先生"归去来兮"的呼喊和"采菊东篱下，悠然见南山"的真意。

古代贤士常致力于"天人合一"的理想境界，于万籁寂静中寻找真我与真性情的存在。其实，现代人也不乏这种对诗意生存的追求——因为这是人性中永不会泯灭的一面，也是人性中至善至美的一面。每个人的内心都有属于自己的哲理与诗情，只是大脑忙于指令那匆忙的脚步，便无暇去听从内心的真实所向罢了。那么，让我们尝试着放慢脚步，信步于观音山吧！你定能找到一个"不二法门"，让心灵深处的哲理、诗情这对双生花绽放异彩，通往"天人合一"。

且看，从山下往山上，是绵长延伸的山路，斗折蛇行，蜿蜒而上至山顶，遥远得仿佛没有尽头，又好似直接云天。顺势而上的，还有那大片大片的绿，野花点缀其间，红的、白的、黄的、紫的……各色有之。若凑近看，兴许可以发现几株向日葵，它们朝着太阳的方向，似乎在向太阳遥相对话，抑或在倾诉着什么。这不，有小孩发现了向日葵，欢快地与它交谈着，要它帮忙向太阳公公问好。微风轻拂，向日葵摇曳着身姿，看这样子，似乎应承下来了。接着，孩子快乐地向它道了一声："再见！"顷刻，我仿佛看见了有金色灿烂的光在花间闪烁。

且听，有风过耳，树声籁籁，佛音萦绕，恰似碧天白云深处传来的天籁。刹那间，连日来的疲惫被它拂去，心门悄然打开，让这天籁缓缓流进你干涸的心田，你是否听到这流水的潺潺声呢？再听，拈花一笑的观音雕像前，一对情侣在小声地许着心愿；飞檐的鼓楼下，一个年轻男人满眼笑意地连敲了十下鼓，向上天传达飞黄腾达的愿景；观音殿内，世间男女在认真地求签、问签，祈求菩萨的护佑。人间的爱恨情仇，上天都在真切地感应着吧！

且品，那山间的一泓清泉，捧一掬入口，清爽甘醇直入心间，不止解渴而已，爬山之乏也顷刻间消逝。如果说山犹如圣哲，沉稳敦厚，那这山间的甘泉，则如豆蔻女子，灵动、聪慧，有着清澈的眸子。那甘醇刺激着你的味蕾，融入了你的血脉，消融在你的精魂里。你不得不赞叹：此泉只应天上有！如果你想品一品斋堂的斋菜，也绝不会失望。观音山独有的竹笋是必然要品尝的，丝滑般入口，细嫩非常，还没来得及回味，便已下了肚，大有八戒吞吃"人参果"的无奈感受，所幸这菜是还可以再品的，可那三千年开花、三千年结果的"人参果"却是稀罕之物了。山间野蔌尝过不少，在我看来，观音山的笋确是无处可比及的。传说，这观音山竹林的竹笋还是有来头的，是由曹国舅的法器——玉板变成的竹笋。偷偷思量，"人参果"可成佛成仙。常吃这山中竹笋，是否也能得到上天的眷顾，延年益寿呢？其实，不用吃这笋了，只需常来观音山看一看、坐一坐，这原始林木的空气中氤氲着的"负离子"便足以令你修身养性。

　　静坐观音山上，伫立感恩湖边，我静静等待花开的声音。听，你我的内心，都有花开的声音。

与自然为伴,躬耕时光

——读张佐香《亲亲……

麦子〉

翻开书页,扑面而来的是万物生长的蓬勃之气。麦穗、稻谷、向日葵、油菜花……在田野中酝酿出了恣意的、强烈的,属于自然生命独有的气息。这气息被巧妙地揉进了作者张佐香的笔下,转而细腻、舒缓地如田垄间的溪流,汨汨流出。这些沉稳的文字,让你学会静下心来,慢慢感受其中氤氲着的——有我之境。

王国维的"境界说"素来为人们传扬,一句"采菊东篱下,悠然见南山"被作为"无我之境"的经典之句加以解读,于是乎,"有我之境"被今人排挤其后。其实,"境界"本无好坏之说——只要合乎当下的心境,对于写境者来说,就是好的。

张佐香的"有我之境",是极好的。"一望无垠荡漾着绿波的田野上,成群结队的向日葵,将自己久久蕴藏的金灿灿的笑脸,齐刷刷地迎向太阳,好像在思考着什么。"这"金灿灿的笑脸",既是向日葵本有的,更是"我"的笑脸。若是没有对自然的情有独钟,怎能有这样的笑脸?"春天,走进田野,谁没有被金灿灿的铺向天涯的油菜花燃亮过眸子呢?

那大片大片璀璨奔放、撩人心魄、蔚然成阵的金黄色的花朵，似乎已内蕴在我的血脉里。想起它们，我的血液就会飞溅起金色的浪花。"又是金灿灿的！在大地母亲的怀抱中，"我"清亮的眸子瞬间被燃烧得金光闪闪。该是怎样的亲近，才能这么旷日持久地与自然为伴？

散文，光有诗情，是不够的。哲理与诗情，犹如双生花，点缀了我们逐渐干涸的生活。"梅、兰、菊……"这些寄寓着诸多美好品性的花，在文字构造的建筑中，不断闪现着母题的光辉，注入充满物质的现代生活，潜进我们早已被嘈杂充斥了的大脑。于是，哲理在开花的树下绵延，一路繁华，"我如一只舞在蕊中的蝶，尽情享用花朵的馥郁与静美。"

正是有了诗情、哲理双生花，于是，人生变得"生而有情"。在这个利益最大化、感情被物化的社会转型期，母女情、祖孙情，变得如棉花般温暖，如枸杞水般香甜，如汤圆般甜腻。即便是痛苦，也如"智慧之花开放的根蒂"，成就"人之心灵深度"。是，"爱的痛苦变成珍珠，穿越时空，散发出久远的光芒，妖娆而动人"。"灵魂之爱"在作家的笔下，"以它的圣洁和唯美，定格于生命的家园中"。

时不待我，我们总是感慨"逝者如斯夫，不舍昼夜"，却忽略了思想的树叶，可以穿越古今。思想跌落在我们的心中时，这声音是激荡的，是潮涌的，是铮铮而响的。历史的烟云中，东坡居士、嵇康、屈原……成为不容推倒的丰碑，他们的容颜在后人不断的描摹中成为不老的传说。"青青子衿，悠悠我心，但为君故，沉吟至今。"张佐香，她坚守在历史的辙印前，沉吟着那些常读常新的故事，化成自己的内质，又用富有质感的笔墨，将那些故事一一讲述。

"众里寻他千百度，蓦然回首，那人却在，灯火阑珊处。"还在寻寻觅觅一本好书的读者们，不妨在《亲亲麦子》的文墨间游走，向张佐香学习——与自然为伴，躬耕时光。

竹海禅韵

太久不曾出行，长时间的伏案写作，使我不得不为身心疲惫的自己放一次假。

杜拉斯曾说："写作是一种暗无天日的自杀。"写作于我，虽不至于暗无天日到自杀的境地，却也是思力的巨大损耗和睡眠的无尽牺牲。我只能选择自己关照自己，踏上旅行的路途，放空沉重的脑袋，挪动臃肿的双腿，做一次身心的轻松之旅。

前往衡山的旅行，似乎偶然，却又必然。选择衡山，原因很单纯——当我身处深圳北站时，去衡山的这班高铁是时间最为临近的趟次。岭南大都市的天气实在是炎热，于是，我选择了北上，可这长期留守在南方的身子，又没办法适应北方的干燥，衡山，便似乎成了当下最好的选择。

从深圳北出发，到衡山西站，不到三小时的旅程。路上的风景，是匆匆的，恰如流淌的时光，一去不返。我暗暗期待着：人生中，总是有太多风景，而能被大脑记住，被记忆铭刻的，究竟有多少呢？由于持续的开发、发现，衡山的景点可谓丰繁，像万千星辉，让游者目不暇接，然而，让我的记忆历久弥新的，却是竹海。

关于衡山的最初知识，是它"五岳"之一的身份。朗朗乾坤，九州辽阔，大大小小的山，数不胜数，能名列"五岳"，绝非易事。衡山，普遍予人的印象，是它的"俊秀"。而置身其间，望着这密密匝匝的竹林，我发现的，却是更多的禅意。

眼前这一层层如翻涌的海浪般连绵不绝的竹林啊，正如一首首禅诗，一曲曲佛乐，滤去了心中的暑意带来的烦躁，洗掉了长期身居闹市的喧嚣、骚动。无怪乎郑板桥会由衷地赞竹为"君子"，叹竹之"能驱我暑，能豁我胸"。竹中有竹，竹外见竹。视觉上的清雅和无尽的绿，瞬间内化成了感官上的平静，如兴起时的喜悦，难过时的忧伤一样，自然、轻淡、内省，充满了意味深长的禅意。在蜿蜒曲折的林间小道漫步，阳光正好，从竹叶间调皮地穿透，竹影斑驳，那翠绿欲滴的竹，愈发熠熠生辉起来。风声清幽，如老者喑哑舒缓的梵唱，竹叶随风起舞，似乎听懂了风的轻语，在顿悟中向风示意着它得到的启示。

这如西天秘境般的竹林，无论从哪里拐进去，都能发现隐匿其中的别有洞天。山似乎显得陡峭了许多，谷也显得更加幽静，密密的竹林之上，有飞鸟的翠鸣划过，向我们验证着"鸟鸣山更幽"的古人之思。于是，我有理由相信，裴迪的那句"出入唯山鸟，幽深无世人"就是在这里写就的。

在这里，追古慕远是随时可能发生的事情。虽然我很清楚，当我来到衡山的时候，已经没有了禹王，也没有了文立正。时间的脚步无人抵挡，但是，历史的沉淀，让我们可以执着地从泛着古老岁月气息的古籍中将他们找寻，将他们怀念。时光的老去，迫使禹王碑流落得有些斑驳，可是，它古老的气质却愈加厚重，在衡山的依托下，也显得更加沉稳敦厚，如被剪辑成无声电影中的迟暮老人，站在历史的烟云中，向后人安详地讲述着公元前的古老故事。

有人说，建筑是凝固的时光。文立正故居，就这样在逐渐远去的历史跫音中，静静地迎候着前来瞻仰的人去品味它积累了千年时光的暗香。作为湘楚大地的一部分，禹王碑、文立正故居，用它们被这里的自然山水怡养已久的容颜，告诉我们"惟楚有材，于斯为盛"绝非虚言。

文明的薪火在这里得以传承，与佛教文化交融，展示着衡山积攒百代的传奇。天柱寺里，香烟袅袅，在这古老的庙堂温柔地萦绕，久久不忍离散，与在空气中缓缓流动的禅音，陪伴着温润如玉的佛祖，聆听人们的祈愿，呵护人们受伤的心。"南岳第一香"，就这样，用它的无尽温柔占据了我的心。

正不知走到了哪里，有飞瀑的声音隐约传来，未见其貌，却已能凭借声音想象瀑布长泻的景象。我已记不起自己有多久没见到瀑布了。喜水的我，就那样欢喜地循着飞流的声音奔去。水，在这里摒弃了她的温柔秉性，她疯狂地奔流着，以彰显其鲜为人知的面目——率性，奔放！这飞奔的瀑布，就这样以霸气的姿态高唱着热情的自然之曲，窜入犹如胎体倒挂的双耳，灌入干涸的心田。

如果想为疲惫的身心做一次洗礼，不妨来衡山，置身这苍茫的竹海，看它俊秀的眉峰，融化在它盈盈如水的温柔目光中，在修竹茂林中感受那无尽的禅意。

乌镇,盛世复苏的梦

这是一个多雨的小镇,这也是一个多情的小镇。如果你是梦的痴情追寻者,不妨在春雨绵绵的季节,来到这个烟雨小镇——乌镇。

蒙蒙的烟雨也难以遮掩你可人的江南秀女模样。乌镇,我就这样遇见了你。你在烟雨中更显娇羞丽质的容颜,就这样轻盈、温情地印在了我的心里。"冉冉似姮娥离月殿,飘飘如仙子下蓬莱。"这个在世人心中、在戏曲舞台上曼妙流淌了百年的婉丽佳句,竟成了我不屑亦不堪用在你身上的俗语。

乌镇的雨

我们往往执着于欣赏旅途中两旁的风景,却忽略了自己置身的情境,于是,乌镇的雨因为人们的忽略有了委屈之意,无声地啜泣着,轻轻地诉说着小镇的往事。

北方的狂风骤雨让来不及准备的人们奔忙、恼怒,沿海之地的台风则让雨成了孩子的脸,说来就来,说走便走,让人无奈。而乌镇的雨,就像小镇的名字一样毫不惹眼，却予人以不寻常的情怀——她是温婉的，如玉般清润，绵密而不扰人，轻叩青瓦，将瓦砾捂得温热，也捂热了屋中人的心。俗话说："一方水土一方人。"难怪乌镇的人也如这雨般不急不躁，不过于太过热情，也不至于冷漠，大有"你走，我不送你；你来，我会去接你"的松弛感。

多雨的乌镇，自然是多情的，却不滥情。"润物细无声"，这雨浸润的乌镇，因了细雨的品性，乌镇的水也从来都是温和的。水路发达的乌镇，却甚少听说它受过洪水的侵袭。

这一座座桥，像一个个立场坚定的守护者，不悲不喜，无声地伫立在细雨和流水之间。它们时而听细雨向流水娓娓倾诉衷肠，时而看细雨将泪滴掩藏在流水的深处。

作为游客的你，不妨撑一把油纸伞，默默地在桥上漫步蛰行，看残阳脉脉，辉映着斜风细雨，似一串串珍珠落入凡间，在粼粼波光中闪现着奇异的色彩。

你也可以选择坐在西栅的茶馆里，品幽清茶香，看楼外雨潇潇，听窗外雨泠泠，别是一番滋味在心头。寂寞潇湘雨，因了你我的欣赏，而将委屈悉数化作了柔媚的倩影。

乌镇老宅

有人说，建筑，是凝固的历史。古希腊的建筑，见证了希腊历史的变迁。来到乌镇，我要说，建筑，是凝结的音乐。

木质的屋梁与坚固的石砖结合，两种质地截然不同的物质，恰似古弦琴般，奏响了乌镇高低抑扬的跫音。斑斑点点的青砖，尽管早已被时光苍老了容颜，却更显端庄、典雅。乌镇邮局就是这样的标志，在静静默默中，它散发出被时光所浸染的暗香。轻抚这砖墙，在浮动的暗香中闭目神思。一曲悠扬的琴韵骤然而起，在历史苍黄的烟云中，我望见了穿越古街、打马而来的驿差。他背负着寄托了万家期盼、千言万语的信笺从远道行驰至此，又匆忙远走。人们常常感叹，现代科技的飞速流变早已将这些古老的情怀湮灭。那么，不妨落脚来乌镇邮局看一看，泛着墨香的邮戳带你重拾那遗落的旧时光。

这么想来，乌镇，就是落入凡间的精灵，带你在历史的时光隧道中享受远去的诗意。时光可以将记忆斑驳，却无法涤荡一代代人心中对世间温情的依恋。

清风微微地醺着这凝固的音律，犹如难舍故乡的精灵，在古朴的街道上空久久徜徉，不肯远去。不知从哪家铺子传来轻扬的钢琴曲《风居住的街道》，舒缓、妥帖地氤氲在行人的心扉。

我来到这里的时候，乌镇早已不叫乌墩。可是，乌墩的吴越风骨，已然穿越唐朝，跨过明清，留存至今。而这风骨得以留存下来，大致离不开将音律凝固的老宅和风居住的街道。

这样想来，在乌镇，我们赏阅的是今时的风景，追寻的却是那些不变的古老情怀。于是，这个名字毫不起眼的小镇，在千年的修炼中，成为人们心中的诗意无限的留存之地，也就成了情理之中的事。

乌镇的酒

"一曲新词酒一杯，去年天气旧亭台。"来到三白酒作坊，看纯正的手工艺制成的佳酿如涓涓清泉落入坛中，不期然就想起了《浣溪沙》

中的这句词。宋人尚酒崇文，以酒会友，借词唱和，我辈今人虽无宋人那般才情，却能从这纯净的酒香中品味这难得的古意。

品酒无关乎地点。谁说一定要曲觞流水，才能写下惊人的诗词歌赋？更不要小瞧了乌镇无才子——正是这样的小桥流水人家，养育了茅盾笔下的《春蚕》，成就了"林家铺子"的远播的声名。乌镇的酒并不浓烈，更多地散发着清逸之气。不信？你便尝试在乌篷船中坐一坐，看碧波轻轻荡漾，小啜一口4度的甜白酒，将岸边戏台上飘来的古曲旧韵也携进心里，任其在你的胸腔中迂回婉转，沉淀成生动的词章。乌镇的酒，便是如此，将千年的才情化入其中，让你欲罢不能，在欸乃的桨声中，偷得浮生半日闲，做着关于江南的白日梦。

被烟雨晕染的桃花点点落红，或散落漂浮在水面，或随风悠游到你的衣袂发间，将你的白日梦装点得粉红一片。本是幻境的梦，在酒香中竟显得如此真切，又在酒香中变得如此朦胧，于是，微醺的我们，只能将这梦系在垂落在身侧的柳丝上，寄存在令人恍惚的时光里。

"总将薪火试新茶，诗酒趁年华。"不妨趁年华正盛时，来乌镇走一遭，做一个轻轻的梦——梦着江南的雨，梦着庭院深深中的老屋，梦着流香的醇酒，在梦中去追寻在盛世复苏的传奇。

济南与泉

新年的钟声已经敲响，很多人会趁年假选择在外地旅行，过一个别样的春节。

济南，山东省的省会，素有"齐鲁雄陡，海右名城"之称。自古以来，这座城市就是管窥中华民族文明历史的窗口。济南有"泉城"之称，游客慕泉城之名而来。

济南之名

"济南"这个名字，最早见于汉代。因为地处古济水之南，故而得名。济水，据说是"伏流"，即地下水。它在济南的趵突泉涌出地面之后北流，即成为泺水，这条水后来流入小清河和大清河，而大清河走的还是济水原来的河道，但以后河道又被黄河所夺，因此现在济水、大清河已经和黄河成为一条河了。

春秋时代，济南地属齐国，被称为泺邑，鞍邑、平陵等。战国时成为齐国的历下邑。汉代时，设为济南郡，从此才有了"济南"这个名字。后来又多次改名，直到北宋在此设济南府，沿用至今。

要欣赏"倒喷三层雪，散做一盘珠"的景致，来济南是再好不过的。大自然从来不掩饰对济南的喜爱——济南，在万般宠爱中，理所当然地成为了"泉城"。

行走泉城

济南曾经离我很远，远到我只能通过精神的远行来丈量我与它之间的距离。

多年后的今天，当我来到泉城的时候，虽然早已没有了老舍先生的踪迹，但是，年少时晨读课上高声朗读《趵突泉》的情形跃然脑海，清晰如昨。我完全有理由相信，大多数外地人关于济南的最初向往，都源于小学语文课本上的这篇《趵突泉》。济南，就这样轻易地仅仅凭借一泉之名便瞬间被人们的大脑熟记。南国的冬天是潮冷的，让你从皮肤到骨子都透着寒意。济南，却因泉水而成了温暖多情的宝地。因了泉的温情，老舍笔下的"济南的冬天"成为我少年时在冬日里最期许的美好。

眼前的"天下第一泉"，像个说书的老者，用它温热的口吻，在犹如仙气的腾腾白雾中，向我们缓缓地讲述济南老城的今昔传奇。望着幽深缓动的泉池，心也跟着变得宁静、温和，有一种前所未有的满足感。

济南是座老城。百泉争涌，是这座老城"倚老卖老"的资本。四大泉群，七十二泉在典籍文库中的迭现，既成就了济南的老名，也成就了泉城的美名。泉，是济南城的眼睛，通过这个心灵之窗，我们看到了济南老城的性格——温和婉约，任世事变迁，不急不躁，不气不恼。于是，历史在这里变得不再烫手，而是泛着被时光浸透的温润。冬日的阳光在这里逐渐变得如花蜜般香甜。怪不得老舍先生会舍弃自小生长的皇城，来到济南享受这别样的冬日暖阳。

泉之品性

上善若水，细流涓涓，于无声中浸润着人们的心田。老城济南的品质是在泉水无微不至的滋养下而成的。

"一方水土一方人"，老城如此，居住在城里的人，自然也不例外的。或许正因为此，琼瑶执笔写下《还珠格格》时，会虚构出一个大明湖畔温婉可人的夏雨荷。也或许是这个原因，一代婉约词派才女李清照能孕育而生。900多年的时光，让人们早已忘却易安居士的容颜，老城却再次勾起了人们对这位"误入藕花深处"而"沉醉不知归路"的才女的向往。时光的风可以将容颜催老，可以让生命陨逝，却吹不散穿越古今的文字，也带不走人们赏今慕古的情怀。

来济南，没有不赏泉的道理。谁说只有江南的景是袖里藏乾坤的？济南的泉，不也在鲁地的江湖上演着万种风情。一日的时光显然不足以看尽济南，所以，不必抬头看风景，也不必感叹反复修造早已不见原貌的亭台楼阁，单看这眼下的泉，就能让你感慨丛生。泉既是眉眼，那么，"柳絮泉"边的柳枝，当然就是美女的秀发了。英国诗人雪莱说："冬天来了，春天还会远吗？"虽然我来的不是季节，却已经在泉的幽影里窥见了"金线池边杨柳青，泉分石窦晓冷冷。东风三月飘香絮，一夜随波化绿萍"的景致。岁月让诸多的建筑面目全非，唯有泉，在大自然的护佑下温柔地抵抗着岁月的侵蚀，护佑着济南这座城的精神内质。

泉水怡养了济南老城的灵气，也滋润了一方的人文。清泉流兮，美目盼兮，我就这样迷醉在了济南。

冬天花会开

在冬天来海南，是一个明智的选择。这个季节的北国，已经被厚重的冰雪尘封，长江沿岸的南地，也全然被潮冷浸透。而在海南，身居蓝天碧海的热带植物毫不避讳地向世人彰显着它蓬勃的生长姿态，在郁郁葱葱间摇曳着心向南海的歌。花儿也在冬日绽放出与春夏时不同的姿态。于是，海南成为人们在严冬避寒的首选之地。

然而，海口、三亚这些耳熟能详的名字，早已成为旅行者们的必争之地。在冬天，"拥挤"成为它们的代名。

相比之下，海岛西部的儋州，在作为避寒之地的同时，兼具了"心远地自偏"的好处。静坐在天湖边，我静静地，倾听花开的声音，听花语倾诉着海南西部的前世今生。

追古：苏轼与宁济庙

一天的时光或许可以用来游览一地的风光，却无法用来丈量历史与时间的距离。那位开岛守驻的南越巾帼"冼夫人"，她恐怕想不到，会有苏轼这样虔诚的崇拜者，更难以料想，九百多年后，她的封地会这么

029

令人神往。

从惠州到儋州，我不曾测算这中间具体有多少距离。即便是在飞机火车穿行的今天，也还需要一些时间。那么，对于一再被贬谪的苏轼而言，惠州与儋州之间，走走停停，翻越叠山重水，其间的艰辛，难以想象。

那时的苏轼，身边令后人钦羡的不离不弃的红颜知己王朝云，已被安葬在惠州西湖之畔，化作一缕香魂，苏轼的低落心情不是常人可思量。自古以来，有关"知音"的故事，总能令人闻之落泪。论友情，有伯牙痛失子期后的"断琴绝弦"；论心情，有岳飞因满腔报国恨无处诉而留下的"知音少，弦断有谁听"的佳句；论爱情，既有焦仲卿与刘兰芝的相约携手赴黄泉，也有祝英台听闻梁山伯病殁后的化蝶成双。丧亲偶、丧知音之痛已是切肤，加上再遭贬谪，苏子瞻的人生境遇可谓"祸事连连"。若换了旁人，怕是早已选择了此残生。

但凡读过苏子瞻诗文的人，常常能被他"人生如梦，一尊还酹江月"的洒脱所惊醒。子瞻先生"行行重行行"，"凄凄复凄凄"，历经艰难，终于抵达儋州州府中和镇东南的桄榔庵。当时的细节，我们已无法感同身受，但是，从他一路留下的诗文，能清晰地发现了他的解脱之道。

子瞻先生应该是宋之以降少有的儒、释、道精神兼具的文人之一。初入仕，有孔孟之道教他精进，释道精神，则为他一再颠簸的仕途提供了排遣内心积郁和弥补人生不平的良药。

兴许正因此，苏轼给自己冠以"居士"之名。而实际上，一再南谪，家妾若猢狲散的苏轼，佛道之说似乎不足以抚慰他屡屡受挫的心灵。于是，他将视野转向了这些民间由人而神的神祇。在惠州时，他便曾为因遭大妇所嫉妒而被残害至死，遇天帝而被授神力的紫姑神作文以记。苏轼一路向南，遇见冼太庙必进而拜祭的行为，也就不能视之为杜撰的传言或者夸张之语了。

宁济庙就在苏轼居住的桄榔庵所在的小镇上。小镇名叫中和镇。宁济庙是海南岛现存最早的用以祭拜冼夫人的庙宇。北朝花木兰替父从军的故事流传至今，其传奇性已令世代称道。而冼夫人，一生戎马，建功立勋，驻守封地，智治岛民。这样一个传奇性的女子，民间有专门的军坡节来祭祀她。子瞻先生为其留下的文字，自有对这位不让须眉的传奇女子的追慕，更多的，当是对冼夫人在世时政治功绩的忆彼而思己。女子尚且如此，况尔堂堂七尺男儿乎？

冯冼古烈女，翁温国于兹。策勋梁武后，开府隋文时。三世更历险，一心无磷缁。锦伴平积乱，屡渠破余疑。庙貌空复存，碑版漫无辞。我欲作铭志，慰此父老思。遗民不可问，倮句莫余欺。爆性菌鸡卜，我尝一访之。铜鼓葫芦笙，歌此迎送诗。

苏轼为冼夫人作祭文之时，已是冼夫人逝世的三朝之后，立庙时的碑文历经风雨，已见斑驳，字迹模糊，然而，他仍从乡里的口耳相传与追思中得知了冼夫人的出身与经历。不知彼时的苏轼，在冼夫人的塑身前，思索着什么呢？

赏今：神秘与珍奇

用"神秘"来形容海南西部，是再恰当不过的。不仅仅因为这个地域保留了大量的自然原貌，更因为这片土地上有世人不敢侵扰的珍奇生灵。

两个半小时的热带植物园之旅，让我对自然之心有了前所未有的叹服。这里似乎是被神灵咒语所护佑的雨林，让你瞬间想到电影《阿凡达》

里的神秘树林，又如上帝为人类筑就的不容侵犯的"伊甸园"，神奇而隐秘。上千种世界罕见的热带植物，在炽烈的阳光下丝毫不见萎靡之态，反倒以丰润的身躯屹立在人们的面前。伊甸园里幸福生活着的亚当夏娃，可以在伊甸园纵横驰骋，欢呼雀跃，却不被允许偷食树枝上那饱满而娇艳的果实。热带植物园里的树木，同样以被神灵施咒的姿态，敬告来者，你尽管在此游历欣赏，却不能随便攀折触摸。如果不信，那一株"见血封喉"，灰白色的枝体比壮士的身躯还要粗壮，足以令人心生敬畏，再加上"世界上最毒的植物之一"的封号，其汁液一旦与血液结合便会迅速凝固的传闻，让慕名而来的人们只能远远观赏却不敢亵玩。

当然，也有玲珑的小树。大自然总是在阴阳和谐、大小互现中向世界显示着它非凡的创造力和平衡力——正如人类一旦过分对待大自然，它便会施予相应的惩罚警示人类适时地收手。相对"见血封喉"，神秘果小巧的体态更像是伊甸园中的诱人果实，引诱得人们跃跃欲试。神秘果含有一种特殊蛋白酶，可麻醉味蕾神经，从而产生味觉差异。吃了神秘果，再吃其他食物，无论何种滋味，都会转变成甜味。当然，还是小心谨慎为上，铁丝网于是适时地出现，成为保护神秘树的屏障。

明媚的阳光下，西线公路好似一条闪亮的白线，牵引着我们往大田国家级自然保护区奔驰而去。两万亩的热带草原，对于我这样一个曾经在乡间小路上都能迷路的路痴来说，实在太过辽阔。用"离离原上草"来赞誉这长满三百七十五种植物草原，显得勉强凑合，"芳草碧连天"或许更适合些。百余种珍稀鸟兽在这里繁衍生息，成就了自然保护区的名符其实。

一度濒临灭绝的世界性濒危物种——坡鹿在这里找到了他们徜徉的天地。坡鹿们块头不大，然而，那修长的四腿并足而立的模样，让人不得不承认古人造字之形象。古人将"鹿"与"禄"二字通解，其中深意，颇耐人寻味。《史记·淮阴侯列传》有"秦失其鹿，天下共逐之"一句，足见鹿之象征——政权、帝位。鹿、禄通用也就情理可通了。如此，便难怪当地特地独辟"大田坡鹿场"一地归坡鹿们独有。

海岛西岸的风情，就这样用神秘与珍奇，为我好奇的探旅之图增添了诸多值得回忆的曼妙色彩。

风起云涌的寒冬里，不妨来到海南岛。在海南岛，寻一个儋州这样的去处。看，蓝天俯瞰着碧海，大海抚摸着海岸，海岸滋养着森林，森林滋润着城市。城市，在温暖的冬季，与盛开的花儿轻和着同一首歌，这首歌应该叫作《冬天花会开》。

家在东莞

岭南秋雨

　　都说，一场秋雨一场寒。岭南的秋雨却不同。

　　刚刚台风过境，不过二日，这个早晨，才被窗外的朗日唤醒，孩子们尚且来不及揉揉刚睡醒的眼，便听见雨"扑扑籁籁"地落了下来。这便是岭南的秋天，恰似孩子的脸，说变就变，这般任性。而这样的任性，因为雨的常常不期而来，也已成常态。自小生长在岭南大地上的孩子们似乎早已习惯了这种常态。

　　雨来得这般急切，天上的云朵还未来得及变成乌云，更未赶上聚拢成片。于是，在蓝天、白云的衬托下，雨在光影之间犹如断了线的珍珠噼里啪啦地掉落下来，不曾给人反应的机会。

　　不过，细心的你终究会发现——这样的雨日，竟也多了几分诗意。教室外，是挺拔矗立的椰树、松树，这些高大耸立的乔木枝，是一个个天然的琴键，大自然智慧的双手有力地弹奏这一个个琴键，发出错落有致的声响；教室内，有孩子们轻轻翻页的书声，有师生们在一起研读课文的讨论声，有大声的琅琅读书声，也有躲在角落里窃窃私语的声音……

教室内外，发出的声响截然不同，听来却又是这样的和谐。人声、雨声，声声入耳，传递着的，就是一个世界的声音了。这声音，寻常人听来再平常不过，心细的人却能在内心的寂静中生出难得的音韵。

雨声渐渐小了，读书声也变得时起时落。雨，将蒙尘的花草树木洗礼；书，将蒙昧的心灵之门开启。这样想着，雨和书竟有着异曲同工之妙。

待到晌午，雨便彻底停了。风紧跟而来，在风的逗弄下，挺立的树木精神抖擞地甩了甩身上的雨水，那一串串珠子从天而降，连连坠下，在雨后愈发明媚的阳光下泛着更绚烂的光芒，似珠光，似泪光，又似孩子们清澈的目光。在学习中沉浸了许久的孩子，揉了揉疲劳了整个上午的双眼，向饭堂走去。经过树下时，一滴、两滴，落在头顶，孩子还没来得及抬头看清是什么，又是一滴，刚好落在了额间。孩子无奈地摸摸额头，感受到了指尖的湿润，不禁笑笑。就在这样的瞬间，所有的疲倦竟一扫而光。哦，这雨，是懂得孩子的！

这样的光景，怎能忘记风的存在呢？办公室里的课本、教案、作业本，被层层叠叠涌来的风有秩序地翻开，有人被风声从工作中吵醒，看看窗外，却不恼，只道"天凉好个秋"，便继续埋头下去了。风似乎也感染了雨的调皮气性，也并不觉得无趣，仍不知疲倦地跟随阳光闯了进来。刚下课的老师迈着大步走进了屋，放下书本，这时，办公桌前伏案工作的人才明白过来："哦，到饭点了！"

岭南的秋雨，的确不同：一场秋雨，是一份诗意，更是一种生活。

东莞之声

秋日的晨光似乎丝毫不减热情，早已挣开层云和尘埃的阻隔，以主人公般的姿态直直地穿透玻璃窗，闯了进来，将房间照亮。城市中央的喧嚣之声，也浓重地扑面而来，蛮力地窜进耳膜。

窗外，是延伸向城市内外各处的如水流般在涌动的繁华街道。"川流不息的人群，是交织错结的命运。"望着窗外的熙来攘往，脑海中自然跳跃出这样一句话。如果命运会言说，这里正在上演的又该会是怎样一场盛大的话剧表演？

随着阳光的流转，莞城，振华路老街也从静默中渐渐苏醒。

与运河西岸文化广场的喧闹相比，它略显沉静，又于无声中彰显着这座大湾区核心都市追求的精神内质——湾区都市，品质生活。

踱步振华路，两侧中西合璧的骑楼让你在赞叹中感受岭南与西洋风情的巧妙融合。

骑楼下做小生意的人家，已经没有往日的忙碌景象，依稀能听见的，也只是熟悉的街坊邻里之间相互的寒暄，和买卖双方低声地讨价还价声。庆幸的是，我们仍可以借由今日的疏影遥想这条老街曾经的人声鼎沸。不难想象，若干年前这些骑楼异军突起，将迎恩街、打锡街、驿前街变身成为"振华路"的盛况。

在时光的悠然拂拭中，从建国初期坚持到如今的"东方红照相馆"，在大西路口安静地伫立着，与附近的罗德炭画馆静静相望，彰显着现代与传统的画影艺术的和谐相处。

老房子斑驳的面容中，那些精致的雕刻隐约可见，寄寓着过往的生活。有人家院墙里的三角梅正探出头来，悄悄地瞅望着路人，悠扬的粤曲从里屋怯怯地传来。心，就这般被轻轻地撩拨——那一朵朵嫣红的笑颜，与曲韵交错，在心空织就了一片红云。

午后。鳒鱼洲岛，一处正在重塑新生命的"工业废墟"。被冻结的时光在这片土地上重现跳动的身影。

流浪歌手的声音在将这座沉寂多年的小岛唤醒，工业复古的影像牵引它回忆起自己当年抒写的一段段辉煌历史，艺术展览、沙龙、诗会成为了它和世人相遇的新契机……

或许是因为曾经走得太快，这座正处不惑之年的小岛更愿意选择慢慢地走。在这片地域，午后的时光缓慢，摄影家们正畅快地编织着光和影。音乐家们静静地倾听着它缓缓跳动的心律，将这节奏在笔端化作让人沉醉的音符。诗人们在水岸边徜徉，将东逝的东江水、天边的残阳和岛上高耸的烟囱、筒仓编写成令人沉思的诗篇。

东莞的声音，时而高昂，时而低沉，时而快如激流，时而缓如团云。

松山湖新颜

暮霭西沉时分，松山湖畔，晚风和畅。华为小镇已是灯光旖旎。

抬头远望，云霞在天际留下了斑斓的色彩。头顶的这片天空，似乎不曾因夜幕来临而暗淡，与白日的蓝天相比，自有另一番斑驳的景象，红色、紫色、粉色、橙色……湖面也不再呈现翠色，反倒有一种别致的美，倒映着附近建筑的影子，灯光如点点星芒坠落湖底。

置身建筑之间，仿若来到了另一片天地，站在华丽的连续回廊，自然美景与人文之景尽收眼底，与园区内十公里之隔的大家艺术区相映成辉，各具特色。这是一片融合了欧洲各国风情的领域，瑞士小列车将12个小镇相连，静坐窗边，青山、湖泊、桥梁、树林，建筑……不一而足，让人应接不暇。

心生赞叹之余，不禁遥想当年。2008年，金融海啸席卷全球，以加工制造业闻名世界的东莞首当其冲。"腾笼换鸟"，成为东莞经济转型升级的必经之路。为了尽快走出"阵痛期"，东莞挥刀力斩，低附加值的劳动密集型企业和高污染、高能耗企业陆续离开这座曾经的"海纳百川"之城。松山湖，这块全新的土壤应运而起，创造了从无到有，再从有到领先的奇迹。华为这只"金凤凰"的引进，使松山湖成为高新技术的领头羊，机器人产业、智能化产业、新材料产业相继在这里兴起。中国散裂中子源、松山湖材料实验室的落地，更是引领着松山湖和东莞科技实力的腾飞。

此刻的远天之上，一抹红云从浓厚到散开，逐渐晕染成一只飞天的凤凰形状，庞大的身躯将这片土地掩映，预示着这块创新的土地更让世人瞩目的未来——东莞这座城市奔跑的脉搏在松山湖正激动不已地跳跃着。

倾听东莞，静静地听——那是多声部的奏响，静静地看——传统和创新兼容，历史和未来共存。历史的跫音尽管远去，莞邑大地上还是能看见那一步又一步厚实的脚印。而未来也已来，东莞这座湾区都市，正以更为自信的姿态走向众人的视野。

烟雨松山湖

来到松山湖，就不能不到"松湖烟雨"来"打卡"。"松湖烟雨"，正如其名，带给人一种烟雨缭绕中的朦胧之美。

称赞这里是莞邑大地的眼睛，再适合不过了。宋人王观曾吟咏出这样的诗句："水是眼波横，山是眉峰聚。欲问行人去那边，眉眼盈盈处。"这"眉眼盈盈"的松湖，便是松山湖的风华所在。

烟雨中的松山湖，虽然不及西湖的端庄雅俊，也不及瘦西湖般小家碧玉，但是，只要你真正地将心安放在此处，只要你愿意，也能将满腹的诗词歌赋与映在眼底的翠色湖水浸润在一起，从而成就其"松山湖第一景"的美名。

行走在沿湖的绿荫道上，伫立在湖边的芳草地，望向两岸与这山水浑然天成的一幢幢各具特色的建筑——无论是东莞理工学院的飞机形状的综合实验大楼，还是凯悦大酒店破水而出的圆形建筑——想象着它们恰似一个个神态俨然、沉稳敦厚的卫兵，守护着这块曾经寂寞无名的土地，历经二十年，终于让人们看见她弄潮儿般的真容。那么，这湖，就是集万千宠爱于一身的豆蔻女子，有着清澈、灵动的眸子，让你不知不觉间就陷进她在弥漫的烟雨中传递出的万种柔情。

当沉醉于烟雨蒙蒙中的松湖美景时，你会意外地发现，面前的湖水也正深情款款地凝眸着你：湖面的轻风一次次地抚摸着你的脸，而这层层绿波时不时地翻涌，不正是她在俏皮地眨动着双睫么？这秀色可餐的湖，定然早就知道，岸边一幢幢的建筑不离不弃、不眠不休地守护了她多少时日，才会将这般柔情——回馈。

每座城市都应该有其独特的气质，才能成为居住其中的人们的心灵依托地。然而，随着城市化的不断推进，在现代化的时代浪潮奔腾向前的路上，太多城市轻易地让钢筋混凝土如御用的整容医师般，将其原本独特的容颜尘封，换就了一副时尚达人的模样，统一贴上了"城市化"的标签。除了一幢高过一幢的大厦成为了所谓的城市地标，便再也找不到别的区分点。于是，在工作日因繁琐的日程日渐疲惫，因来回奔波而心灵蒙尘，渴望在休息日回归自然，于自然的怀抱寻找初心的人们，不禁发出了"残山剩水，何处是故园"的伤感之语，化成了被"整容"了的城市的哀歌。

多数城市千篇一律的模样，就这样使松山湖成为人们心驰神往的对象——松山湖。作为东莞这座世界瞩目的制造业都市的高起点区域，松山湖尽管从建立之初就站在了时代的高位，还是保留着诸多原始的容貌。瞧！不必说那一片片被保留下来的荔枝林，也不必说一进入松山湖地界就像来到了"绿野仙踪"般的新天地，更不必说马路两边明显绿化率高于城区、其他镇街的绿化树，单是说湖边悠闲驻足的鸟儿和湖底悠游的大小鱼儿……这些都是显而易见的证明。

松湖烟雨，不仅是亲友们周末、节假日常去的放松之地，还逐渐成为画家心中的丹青必舍之地和摄影师镜头下难舍的场景。百花、荷塘、小桥、流水、"东莞蓝"……诸多的诗画意象，都在这里停留、缠绵。

"夕阳无限好，只是近黄昏。"这句话放在浩渺烟雨中的松山湖，可是不准的，这里的夕阳似乎都比别处离开得更慢一些，以至于摄影师的快门下的夕阳光影呈现出千姿百态，却无一重复。

松山湖是内敛而沉静的，连时光都不舍得老去她的美丽。在滔滔流水面前，时光曾逼得孔子发出了"逝者如斯夫"的慨叹。千百年后，时光迁徙到了如今的松山湖，竟乖乖地褪去了调皮的本性，让你捉摸不透它在这里的行迹。所以，观赏松山湖，总是能让你在满眼的湿意中，做着绿沉沉的、不愿苏醒的梦。这样静默的时日，千金难买。

松山湖，就是这么低调地彰显着她与众不同的秀色。作为一座有湖的城中之城，松山湖是幸运的。水、古、月，三个独立的汉字，构成了"湖"这个字眼丰富的内韵，瞬间将我们带到《春江花月夜》的境界——站在澄净的水边，望着皎皎明月，怀古的哲思瞬间溢上心田。工作、生活在松山湖的人，是有理由骄傲的。烟雨松山湖，将日复一日的琐碎日子滋润得丰盈透澈。连呼吸的空气中，都轻轻荡漾着水汽的芬芳。即使在暑气冲天的日子，也因为有了湖水的浸润，而比东莞别的区域来得更为清凉一些。

无论是夜晚，还是周末，你常常会被湖边的垂钓者所吸引。前身是大型水库的松湖，是鱼儿们天然的栖居地。一条条肥美的罗非鱼从湖中落入垂钓者的手里，再被垂钓者送至亲友的餐桌上。"这是松湖里的鱼。"极为普通的一句话，却似乎成为了一种别样的赞誉。鲜美的鱼肉，窜入你的咽喉，融进你的骨血，让你吃了一次又一次却不觉得腻——这是松山湖对生活在这片土地上的人们的无上恩泽。

松山湖，不是让人遥不可及的天上瑶池，而是有人情世故的烟火人间。她满怀柔情，敞开宽广的怀抱，拥抱从南北各地纷至沓来的人们，带着他们虔诚地奔向生命的星辰大海。

南城的烟火

"人间烟火味，最抚凡人心。"东莞的三十二镇街中，南城无疑是烟火味最为动人的所在。

且不论白领聚集的CBD写字楼、商业区、学校、公园密集，更不论东莞大道两旁熙来攘往的男男女女和络绎不绝的车辆，单单一个西平社区鳞次栉比的楼房就居住着超十万户的高端人群，便足以让南城成为莞邑大地上盛开得最为绚烂的人间烟火。

天青色的烟雨植物园

"天青色等烟雨"用来形容位于西平绿色路的市植物园是再合适不过的了。"东莞最美公园"的美名绝非虚名。无论是三月的风，六月的雨，抑或是九月的景，腊月的光，东莞市植物园总能给予你"一半山水一半城"的烟雨江南之感。信步于植物园内，你总会被天地间的一片又一片青绿吸引。

瞧！从一二月就绽放的华南地区特有"中华红"樱花，到在清风中用馨香引来赏花人却又羞答答红了脸的"杭州美人"兰花，再到一年生草本植物虞美人，还有绚烂的各色三角梅……无不掩映在层层叠叠的天青黛绿之间。

芳香植物园里，波斯菊花海、蓝花鼠尾草花海等各类花境，在蓝天之下诉说着独属于绿色路的别样故事。镜湖上空，携带着孩童的欢笑而来的是各色各样的风筝，它们调皮地在天青色的自然幕布之下，时而望着湖面上自己悠哉的倒影，时而昂首向天疾驰、追逐着风中奔跑的白云。湖边的大草坪上，则是远远地牵着风筝线头，有节奏地亦步亦趋的少年身影。目之所及的华芳苑里，凉亭边的假山，被升腾而起的水雾缭绕，又似乎在讲述着那些被遗落在人间的往事——师法自然、融于自然。若你以为这里只适合赏花、、看景、放风筝，那便是大错特错了。

蜿蜒的路尽头，一个三岔路口，选择眼前游人集中返回的那个路口前行，你将会收获"柳暗花明又一村"的喜悦——那是藏在花园里的"花苑里"咖啡馆，咖啡香、花香、草香缔造了这样一个别致的发呆地。更为意料之外的是，咖啡馆的主人是一名独立设计师，这里没有花里胡哨的装饰，家具均是原木色，也没有封闭的空间，任何一处都可以看到屋外的风景。馆内的艺术长廊区域时常开设不同的艺术展览，"叹"咖啡的同时，也让你窥见了艺术的模样。咖啡馆还被打造成了城市阅读驿站，5000 余册的藏书安静地在一整面书墙上等待着来阅读它的读者。

东莞市植物园，就这样巧妙地将自然和人文融为一体，有格调的生活大致就是这般吧！

流光溢彩的繁华 CBD

如果你只是单纯地凭借同一开发商的两个杰作的印象，就认为西平的鹏瑞 1 号于东莞的地位堪比深圳湾 1 号于深圳的地位，就未免刻板了。

鸟瞰卫星地图，以西平地铁站为中心点，东莞大道为中轴线，南城如一只七彩的凤凰在展翅高飞——以行政文化中心为首地中央活力区，南城总部基地、东莞国际商务区等重要经济发展区为双翅，正以昂首挺胸的姿态一飞冲天。

"一方水土养一方人"，这话不假。恰如南城党工委书记所言，把南城打造成东莞的"首善之区"，西平社区不能缺席！"高站位，快发展"的西平在为南城的深度城市化作出突出贡献的同时，也给生活在西平的人们提供了多姿多彩的都市生活。作为东莞人口最为密集的南城中心区域，西平社区居民以现代化建设者的先锋姿态，实践着经济、科技、教育、文化等多个领域的创新实践。十几年的时间，生活在这片土地上的人们，扎根于此，用辛勤的汗水将这里从一片荒芜浇灌成如今的"城市森林"。犹记得，当景湖时代城、景湖春晓拔地而起时，这里给人颇为"四顾而心茫然"之感，不过数月，以家乐福为中心的西平商圈就如一道彩虹为这片土地涂抹上了油画般的色彩。居住在西平，你只需要站在自家的阳台上，就可以看见让人印象深刻的东莞标志性大厦——会展酒店和康帝国际酒店两两相望，民盈国贸中心和台商大厦如两位高大的健儿展示了各自的巨擘。再向远处眺望，被盛赞为"龙脉"的黄旗山上的大红灯笼更是在夜空下闪烁着独有的光芒，这时，脑海里会自然而然地闪现出这样的句子——"看见光，追逐光，成为光。"

如果说在高楼的电梯、办公室之间来回穿梭，在快节奏的会议上侃侃而谈是西装革履的西平人在工作日的写照，那么周末的多样生活则让西平人在生活的画板上描摹出别致的色彩。白日里，看百步一间、十步一舍的咖啡间、茶馆，星罗棋布地散落在这画板之上；午夜里，任凭灯光默默地照亮被工作的疲惫遮掩的心灵。来到市民花园、百花林公园、水濂山森林公园，看自然的山水将冰冷的钢筋混凝土隔绝的孤独浸润出温柔的质地；在晋雅兰花基地去闻一闻兰花的馨香，在草莓园里采一采果实的香甜；各大剧场、电影院的晚场仍可以看到井然有序出场的观众打开车门，点亮车灯上的流光，驶向那个叫作"家"的温暖港湾……当人们看不到、摸不清生活的本来模样，却又实实在在地被生活滋养着心灵，兴许，这样的生活，才是真正的人间烟火。

色彩丰富的舌尖美味

居住在西平的多为白领、知识分子等出身的"君子远庖厨"的自持者，大多不想被油烟晕染了双眼，执着于双手应该用来创造更多社会价值，这在一定程度上造就了天南地北的各种美食在这里汇聚的"天时地利"与"人和"。

方圆5里内，尽可寻一番自己青睐的滋味。无论是主打精致、立足本土的莞菜、粤菜和潮汕菜，还是以辣冠名的川湘赣菜，抑或是远渡重洋而来的西餐、日韩料理，都能让你给予舌尖足够的满足。隐藏在市场边缘的农庄也总能给你带来意料之外的饕餮大餐：有用虫草喂养出来的鸡煲出的纯味鸡汤，不需任何配料，舀走一勺浮在鸡汤表面的金黄色鸡油装进碟子，配上些许食盐，再将夹起鸡肉，蘸一蘸碟子里的鸡油，咬上一口，香气瞬间在唇舌之间摇曳，再从口腔窜向鼻尖，天然的清甜让你瞬间明白什么是口齿生津；也有从附近水库当日钓出的大鱼，一鱼多做，成就了一席全鱼宴的美名，鱼头汤、清蒸鱼尾、鱼皮鱼片毋米粥、黄金鱼麟、椒盐鱼骨……不同的菜肴带来不同的视觉和味觉享受。

然而，西平人的聚餐可不仅仅只是为了满足口腹之欲，或因为一家人各自忙碌许久未聚而联络亲情；或因为工作上遇到困难时同事伸出援助之手而表达感谢；或是生意合作上双向收获成功而共话未来蓝图……

西平，作为南城乃至东莞的一张亮丽的名片，以其不矫揉造作的真实面貌，向世人展示着其生动而多样的人间烟火的面貌。"日之西矣，羊牛下来"的农耕生活已随着时代的浪潮远离了我们，那么，不妨来到西平，感受当下的真实生活——这才是美妙的人间。

第二辑

有情人间

铺满阳光的爱心之路

——记广东省水电三局优秀党员刘广湘先进事迹

> 人的价值，在于不断奉献，在于成为千万个推进社会前进者的一分子。爱心捐助是一份事业，只要我活着一天，都会坚持下去。
>
> ——刘广湘

又是一年春光烂漫时，春天的故事总是讲不完说不尽的。抬头望向蓝天白云，我心中暖意无限，兴许这是刘广湘这位"阳光使者"的精神使然。

走出刘广湘略显简陋的家，我思绪万千。我催促自己快点，再快点，赶紧回到书桌前，将我所知道的故事都告诉大家。尽管我略显笨拙的笔无法将这位优秀党员的故事尽善尽美地书写出来，但是我多么渴望在这个阳光明媚、杨柳扶风的春日里，将他的故事诉说。

刘广湘，中国共产党党员，广东省水利水电第三工程局的一名普通电工，多次被评为广东省水电三局"优秀党员"和广东省建工集团"优秀党员"，被东莞市妇联授予"博爱人士"称号，获市"优秀志愿者"称号……当我说出这一大串荣誉的时候，他谦逊地说："很感谢大家对我的肯定，荣誉只是表面的，我只是做些实事罢了。"他是这样说的，也是这样做的。由中央电视台和《人民日报》联合主办的"中华之光"

曾经要为他颁奖，他没有去领奖，却在祖国的西南地区进行助学考察。在这个"汲汲于富贵，戚戚于贫穷"的时代，他何以怀着如此平淡的心态走自己的不寻常之路呢？让我们一起循着刘广湘的足迹去探寻他的爱心捐助之路吧。

助学之路，始于足下

"助学十载情深似海，扶贫济困义薄云天"，这是 2006 年湖南省永顺县教育局赠给刘广湘的锦旗，肺腑之情溢于言表。由此可知，刘广湘的爱心捐助之路始于 1996 年。

刘广湘当时在广东省水电三局下属的机械施工公司任电工，负责施工地的电气安装和线路修护等工作。机械施工公司外地的施工项目多，刘广湘经常主动请缨到外地随施工队工作，始终在第一线任劳任怨地工作着，即使有时为了赶工，施工队需在晚上工作，他也是随叫随到，经常加班加点，从未在工作岗位上出现过任何纰漏，为工程的正常实施提供了后续保障。尽管工作繁忙，但在这位出生于 50 年代，几乎与新中国共同成长的中国共产党党员看来，他总觉得自己还应该为集体、为祖国做些什么。工作之余，他乐于助人，同事家里的家用电器出了故障，只要找到他，他都会给予热心帮助，总是尽自己的最大能力为同事、邻居解决日常生活的小问题。

这年 9 月下旬，一次偶然的机会，当时在广州工地的刘广湘在《羊城晚报》上看到有关长沙市一名好心人隐名资助永顺县一名特困学生的报道《长沙亲人，你在哪里》后，深深地为其精神所打动，很受启发。他想：永顺县作为湘西的贫困县，肯定还有很多需要资助的孩子，那些孩子面对将要失学的处境，该多难受啊！为什么我不做点力所能及的事呢？

9月，广州的上空，太阳火热地照耀着大地，刘广湘的爱心也如红日般炽热。说做便做，刘广湘拨通了湖南省永顺县教育局的电话，说明了自己的意向，并要求落实到人。办公室袁主任询问了他的姓名和地址，他却告诉对方，姓名和地址并不重要，重要的是给困难的孩子办实事。袁主任追问其姓名和地址，说落实到人后好找他联系，他仍然三缄其口，约定说下周一会再打电话来。按照约定，刘广湘如期拨打了永顺县教育局的电话，从袁主任那得到了永顺一中团委提供的高二160班特困生朱定花的详细信息。朱定花家住边远贫穷的永顺县王村镇白胜村石家组，家里有5口人，田地少，父母体弱多病，本就收入低，又遭特大洪灾，解决温饱都成问题，为了供朱定花姐弟俩读书，家里已经是债台高筑了，亲戚朋友都不愿再借钱给他们了。朱定花是个品学兼优的学生，几经思量，父母打算让小儿子读完一学期后在家干农活。朱定花特别懂事，学习也更加刻苦，学校为其减免了逾千元的费用，然而，生活费始终是一大难题，她的生活标准被迫一降再降，尽管永顺一中师生也时常资助她，日子还是十分清苦。

刘广湘听了朱定花的情况，脑海里顿时浮现了一个女孩儿无辜而渴望帮助的眼神。他想：虽然自己与她非亲非故，但是如果能尽自己的绵薄之力，帮助一个孩子完成她的学业，这真的是一件实事啊。尽管当时自己的工资也才区区几百元，刘广湘在电话里仍坚定地表示自己将长期资助朱定花，并于每月15号向其寄出100元生活费。自此，刘广湘对朱定花进行了长期资助，直到她大学毕业参加工作。其间，刘广湘一直以"刘期望"的化名，并将其地址"广东省东莞市塘厦镇省水电三局"

改成"广东省东莞市坛夏镇省水电三局",通过邮政按时汇款给朱定花。每隔一段时间,刘广湘都会打电话给袁主任询问朱定花的学习情况,每当听到朱定花取得了好成绩、表现优异时,他的心里也是说不出的高兴。

刘广湘资助朱定花的第二年(1997 年)7 月 6 日,《羊城晚报》刊登了《寻找亲人"活雷锋"》一文,报道中说,朱定花因得到"刘期望"的资助而避免了弟弟的辍学,这个极为贫困的家庭重新燃起了希望,全家人手捧着刘期望的汇款单哭成一团,心中十分感激。在得到资助后,朱定花就一直写感谢信给刘叔叔,但总是因"地址不详""查无此人"等理由被退回。她双眼含泪地对记者说出了自己的请求,希望记者能帮忙找到刘叔叔,得到刘叔叔的真实地址和姓名,以便及时汇报思想、学习情况,表达全家人的谢意。

这篇报道被广东省水电三局团委看到了。为了帮助朱定花找到恩人,也为倡导全局的干部、职工学习"刘期望"的精神,局团委在宣传栏上贴上了《刘期望,你在哪里?》的海报,并把《羊城晚报》上的文章和朱定花写的信一同张贴了出来。局里的干部、职工们看到消息,都在积极帮忙寻找。刘广湘自然也看到了报纸和海报,但他心想,自己的目的是希望朱定花能坚持读完高中,考上大学,成为有用之才,至于姓名和地址,没必要告知对方。他没有理会这件事,并要求自己的妻子不要对外泄露。然而,"纸是包不住火的",刘广湘那颗助人为乐的火热之心如何能瞒得住人呢?没几天,局里知道"刘期望"就是刘广湘的同事越来越多。照这样发展下去,局领导肯定会知道,也必然会传到《羊城晚报》大肆宣扬。刘广湘终于给局团委书记打了电话,诚恳地表示自己做这些只是为了实实在在地帮助一个特困生,完全不是为了出名,所谓"予人玫瑰,手有余香",请局团委理解,不要公开自己的真实姓名,也希望团委帮忙转告朱定花："望你好好学习，早日成为利国之材，这才是我最大的愿望。"《羊城晚报》的记者来到广东省水电三局，想要找到"刘期望"当面采访，但局领导在"刘期望"的坚持下只是简单介绍了他的身份，并没有公开他的真实姓名。

接着，"刘期望"给朱定花写了一封回信，只有简单的两句话："区区小事，不足挂齿。我只是尽一个公民的基本义务。刘叔叔。"信中言语虽简单，却让朱定花感受到刘叔叔伟大的人格力量。朱定花捧着这封仍然没有真实姓名的信，满腔感激的话语却无处倾诉，她想：刘叔叔，你为什么不肯告诉我你的真实姓名呢？我多么想当面向您道一声谢谢啊！我多么想见到您啊！但是，不管怎样，您都是我永远的亲人，我一定会努力，不辜负您的期望的！1998年7月，朱定花通过自己坚持不懈的努力，终于考上了理想中的大学！

1998年9月，朱定花到县城办理上大学的手续，居然遇到了千盼万盼的恩人。县教育局的人告诉朱定花，身边的人就是"刘期望"。朱定花终于有机会当面向恩人倾诉自己多年来未曾表达的感谢，她紧紧握住刘叔叔的手，一时间竟无语凝噎。"刘期望"和时任公司党支部书记的杨康涛此次是特地前来看望朱定花的。他们随着朱定花来到她的家中，得知朱定花已收到广东省水电厅干部马建国、退休老人陆仰之、退休老师杨青、美国留学生等十多人的资助，上大学的费用已不成问题时，心里甚是欣慰。刘广湘和杨书记临走时，还给朱家留下了1500元。经不住朱定花一家的恳求，杨书记才偷偷将刘广湘的真实身份透露出来。

刘广湘不仅用自己的行动帮助了朱定花，也从中感受到了助人的快乐。他也深深地明白自己的举手之劳可以挽救一个孩子的未来，给一个家庭带来希望。这不仅仅是经济资助，更是一种"精神扶贫"。

爱心助学的道路是漫长的，所谓"千里之行，始于足下"，从此，他更加坚定地踏上了自己的爱心捐助之途。

薪火相传，爱传万家

《羊城晚报》记者把在水电三局采访的过程写成报道，发表在头版头条，告诉读者因为刘期望不愿扬名，所以只知道他是一名普通技工，经济并不宽裕，年纪三十七八岁。受"刘期望"坚持做实事的精神感染，很多读者纷纷致电《羊城晚报》编辑部，以至电话爆满，大家都要求资助失学的孩子们。越来越多的"刘期望"涌现出来，大有"星星之火，可以燎原"之势。自此，湖南省永顺县先后有上千名特困生收到了总额约 150 万元的捐款。后来，大部分受捐助的高中生都考上了大学。

从 1996 年至今，刘广湘以个人力量已先后资助湘西、贵州、广西等地特困生十余名，帮助他们完成从小学到初中，从初中到高中再到大学的学业。如今，刘广湘每个月都要从自己微薄的工资中抽出三分之一寄给各地的特困生，尽管自己的女儿也远在福建上大学，学费、生活费也是一笔很大的开支，但他矢志不渝，从未间断过对贫困学生的资助。

刘广湘的壮举，也感染了身边的人。他的妻子胡美缘说："丈夫热心助学不是为了名利，而是为社会尽一份力量，无论何时我都会支持他。"每年，她都会提前为丈夫到贫困地区的回访准备好行李，出门前千叮咛万嘱咐，自觉地承担家庭事务，家里家外操持得有条不紊。此外，在碰到困难时，或遇到各种非议时，她总是鼓励丈夫要积极努力，尽最大的能力帮助他人，回报社会。正是有了妻子的支持，刘广湘才能在工作之余，全身心投入到爱心捐助当中。也是在他们夫妻二人的影响下，在福建医科大学就读的女儿也加入了志愿者队伍，成为了大学校园中的一朵志愿之花，多次被福建医科大学评为"优秀志愿者"。

刘广湘一家热心助学的事迹得到了单位职工的广泛好评。在他的影响和带动下，单位里先后有 15 名同志也自觉加入到了爱心助学的队伍当中，与贫困学生建立起了"一对一"的帮扶关系。

时间流逝，"刘期望"的助学行动也在不断推进，他的真实身份和先进事迹渐渐流传开来，与此同时，求助信也纷至沓来。对此，这个仅靠工资生活的普通人犯难了，一边是众多需要帮助的孩子，一边是极为有限的工资收入，这真是杯水车薪啊！来信者中有很多是湖南永顺县和贵州省大方县的人，他决定亲自走访，去看看这些贫困家庭，即使在经济上不能给他们太多帮助，但至少可以让来信者们感受到社会的爱。

多次走访，让"刘期望"震惊了！面对那些严重倾斜的小木屋，几近坍圮的土坯房，家徒四壁的阴暗的房间，缝了又补的旧被子，严重缺乏营养的瘦弱孩子，还有那一双双渴求知识的眼睛，他不禁潸然泪下。望着眼前的大山，那九转迂回的山路，他下定决心：我必须帮助他们，他们有权利走出这座大山啊！回到东莞，他彻夜辗转，忧思难眠，仰望星空，看着众星捧月，他心想：月亮本没有光亮，夜行的人之所以能畅行，正源于无数星星的发光发亮，我自己的力量总是有限的，要想让更多的孩子不因为贫困而放弃求学之路，必须发动更多的人积极行动起来。

于是，刘广湘加入了"东莞阳光助学社"，从单兵助学变成了助学队伍的带头人，现任常务副社长。他性格耿直，初入阳光助学社时，他发现有一些不好的现象——极少数社员在助学考察活动中，轻率地允诺贫困者，给了他们希望却没有履行诺言。在社团的会议中，他对这种"凭空允诺"的行为当面给予了严厉批评，并恳切地告诫大家："人活着不能只凭一张嘴，要用双手去做实事，不要给人家带来希望，结果给人家带来的失望却更大。"所谓"身正为范"，自此，助学社再没出现过类似的现象。

多年来，在刘广湘的组织参与下，"阳光助学社"先后在湘、黔、桂等贫困地区的100余所中小学校开展爱心助学活动、"手拉手，走出大山看中国"活动，并援建希望小学。

大道不孤。爱心之路上，有亲人、同事、朋友和社友们的支持和陪伴，他更觉眼前都是坦途。在他的影响下，越来越多的人都在积极地创造着一个个春天的故事。前段时间，东莞一位企业家得知刘广湘的事迹和"阳光助学社"的一系列爱心活动后，决定投资一百万建立"阳光基金会"，届时，将有更多的贫困者受到资助。

生命可贵，大爱无疆

在热心助学的过程中，刘广湘发现，社会上还有很多需要帮助的弱势群体。这些年，党和国家一直在倡导构建"和谐社会"，单单帮助那些贫困学生，显然是远远不够的，于是，刘广湘不断扩大爱心捐助的范围——组织、参与无偿献血活动，为灾区人民募捐，捐助患病儿童等。

2005年9月，刘广湘在论坛上看到一对在东莞打工的夫妇发出的帖子——《哭泣的百合花》，文中情词恳切地请求网友能帮助夫妻俩年仅两岁却患有"地中海贫血"（俗称"血癌"）的孩子钟子健。钟氏夫妇是外来务工者，子健本来活泼可爱，一家人生活虽不富裕却也觉幸福，病魔的来临让这个惹人怜爱的孩子一下子变得瘦骨嶙峋。得知孩子患的是"血癌"，一家人如遭晴天霹雳！医生说必须动骨髓移植手术，费用要六十多万，这对于钟氏一家人来说，无异于天文数字！想来想去，他们只能通过网络向全国各地的人求助。

看着这些泣血般的文字，还有子健的照片，刘广湘的心也在滴血！他立即组织阳光助学社倡议"真情献爱心"募捐行动。他还四处奔波，找到年届九旬的著名书画家温远达老先生、"助学大王"坤叔，告诉他们子健的情况。二位得知此事，也迅速参与进来，在东莞各地进行了四场书画义卖，终于筹得骨髓移植手术费用近四十万元。目前子健已成功移植了配型骨髓。最近，刘广湘带我去钟子健家里看望子健，子健的妈妈眼里噙满了泪花，说：遇到刘大哥，是子健三生的幸运！能得到大家的真情相助，是老天对我们的厚爱！刘大哥经常带热心的菲友们来看望子健，我们虽没有血缘却胜似亲人哪！这些殷切的话语，让我感受到刘广湘心中的那份大爱！

这些只不过刘广湘众多爱心事迹的冰山一角。我知道，任凭我用多么华美的文字，不管我列举出多少他的丰功伟绩，也无法描画出他走过的洒满阳光的爱心之路。他就像一位天使，是的，一位坚守自我的"阳光使者"，在行走的路上温暖了别人，也照亮了自己的心路。尽管在这条爱心之路上，也有一些不和谐的声音。有人不理解他的行为，背地里议论他"图个啥"，甚至说他"傻冒"。面对这些，他只是平静地说——我只是尽一份力而已，"施比受更有福"，有能力帮助别人是一种快乐。他的一言一行是平凡的，但这平凡却蕴涵着深意，蕴涵着崇高的社会责任感与道德良知，蕴涵着一位优秀共产党员的赤子之心。

和谐的社会，正需要这样播撒阳光、放飞爱心的"阳光使者"，让我们真心地祝福刘广湘，祝福他的爱心之路越走越好！

"千分一"的大爱之梦

"没有人富得不需要别人帮助，也没有人穷得帮助不了别人。"走进"千分一"，便会被宣传栏上这两行醒目的字所吸引。"千分一"的创始人坤叔，对于东莞关注公益的人来说，是再熟悉不过的。大凡有需要帮助的困难群体，都会首先想到坤叔。坤叔，这位已年近七旬的老人，在助学之路上已经走了25年。

我们可以献一次、十次爱心，甚至可以帮助他人一年、两年，但是，25年的坚持，需要多大的毅力？恐怕只有坤叔知道。而这25年间，坤叔帮助的绝不仅仅是一个、十个孩子，而是600多个，前10年300多个，后15年300多个，目前受他个人直接资助的孩子，仍有十多个，从小学一直到大学，从未间断。

坤叔是八十年代的"万元户"。作为一个企业家，他在东莞的建材行业颇有建树，公司营业额曾最高达一千万，但他并没有像很多家族企业一样，把财产留给自己的孩子，而是用在了助学上。他散尽家财去帮助那些毫无关系的孩子，却未给自己的子女留下分毫，而且，把那些远方的孩子当成自己的孩子般照顾。这是一种怎样的精神？已无需笔者多言。当面对坤叔，听他平静地讲述着自己的助学历程时，我已经感受到了一种如阳光般普照人间的精神力量，而这种精神，将永远被传唱下去。3000 多份媒体的报道，在我看来，仍然无法说尽坤叔的半生助学经历。

"千分一"的成员们，在坤叔这位精神引领者的带领下，成就了属于他们的大爱之梦。而那些被"千分一"帮助过的孩子们，无一例外地都加入了"千分一"，成为其中的成员，这在别的公益组织，是一个难以实现的梦，而"千分一"却轻易地做到了。

命名为"千分一"，原因在于：该团队尝试创造了奉献出个人的年收入千分一的模式。这可以号召更多在经济实力上不足以单独帮助一个孩子的普通人参与到助学中来。坤叔解释说，为什么是千分之一？不是百分之一，也不是万分之一？就是考虑到百分之一可能太多，万分之一又太少，千分之一比较有可操作性。一个年收入 1 万元的普通人，只需要捐助 10 元就可以了，这很容易做到。

梦之起航

坤叔本名张坤，东莞本地人，今年 68 岁。"坤叔"是人们对他的尊称，这既有人们对他 25 年助学之路的赞叹，也包含着对坤叔人格力量的敬仰。

坤叔的助学之路开始于 80 年代末 90 年代初。坤叔的女儿张莹当时是东莞有名的少年歌唱选手。张莹频频在各级青少年歌唱大赛中夺冠，在当时收视率颇高的珠江台也是亮相颇多，拥有众多中小学生歌迷。歌迷给张莹来信，坤叔就负责帮女儿回信。一次，一名读三年级的学生来信，称他想退学。坤叔回信问他为什么退学。那个学生说，家里穷，58 元的学费都负担不起。坤叔第一时间给该学生汇去急缺的 58 元。没过多久，坤叔又收到另一封学生来信，称也想退学。善良的坤叔，也给这个来信的学生汇去了学费 36 元。从此，他与助学结缘，开始了至今长达 25 年的助学路。

坤叔的助学与我们寻常所理解的助学完全不同——寻常的助学，我们似乎都是随资助者心意，或一次性资助多少钱，或是几个人凑一笔钱给孩子，也不关注孩子的心理等各方面的成长。因为这似乎也是在于资助范围之外的事情。而这么多年来，坤叔始终坚持并要求加入到"千分一"的资助行列中的成员遵守助学三原则：1. 一对一（N 对一、一对 N）随缘结对；2. 捐受的双方直接沟通，财物捐赠无需经过任何中间的环节；3. 坚持一助到底，直至受助人完成学业，捐赠者不得无故弃助。在坤叔眼里，这些受助孩子和他自己的孩子一样。他时常会抽空去看孩子们，给他们买糖果，买新衣服，带礼物，甚至还帮孩子们的父母建房屋，把受助家庭当做自己的亲人们来看待，绝不抛弃、不放弃。

梦之追寻

如果说开始的助学，是通过被动的渠道来了解受助者情况。后来的助学行动，则是坤叔主动通过各种方式去了解困难学生的信息，并实施资助。

90 年代，随着团中央"希望工程"的启动，广东省团委也随之启动该项目。由于坤叔之前独立资助贫困学生的事迹已经被媒体报道过，团省委便邀请作为第一个助学志愿者的坤叔参与到实地调查的工作中，去了解广东省贫困县区的情况，并开展帮扶工作。在赴清远、河源、韶关等贫困县区的调查工作中，坤叔第一次真实、全面、深刻地体会到了这些家庭和人群的贫困程度，也更加坚定了自己的助学之路。这为他以后创立"千分一"公益服务中心奠定了宝贵的经验基础。当问到坤叔怎么会有那么多心力，一年至少两次探望受捐助的孩子的时候。坤叔说："自己养孩子会去想费时间、费气力吗？肯定不会。这其实就跟养自己的孩子一样，经常看看他们，给他们带去好吃的。"

随着坤叔的助学行为越来越受关注，越来越多的人希望通过坤叔牵线，助学贫困儿童。

1998 年，因为繁琐的助学事务压身，坤叔卖掉了自己唯一的建材企业，开始专职义务助学。这些年，坤叔的助学团队也开始不断壮大。在他的牵线搭桥下，至今有近 4000 名学生受助并成功完成了学业。

实际上，除了助学，坤叔一旦得知有困难群众，都会及时伸出援手，并且一帮到底。据笔者了解，一名叫子健的儿童，患有地中海贫血，由阳光助学社发起捐助，但获捐的 2 万块钱与 30 多万的手术费相比，相差实在太远了。阳光助学社的负责人之一刘广湘（曾经被诸多媒体报道的"刘期望"）找到了坤叔帮忙，坤叔毫不犹豫地选择了帮助，并到处为子健筹款，仅坤叔一人就捐出了 3 万元钱，他还找到了书画家温老，请他将书画义卖，最终筹得了所需款项。

梦之远行

被坤叔的精神所召唤的人越来越多。随着受助人群的逐渐庞大，事务越来越庞杂，坤叔考虑到自己有病在身，年纪越来越大，已经有点力不从心，开始考虑将团队更加专业化、规范化。于是，在时任广东省委书记的汪洋的关怀下，坤叔助学团队于 2011 年正式注册为"千分一"

公益服务中心，成为中国第一家正式注册成立的公益社会团体。

"千分一"的理念已经在逐步地实践之中。在坤叔团队的设想中，"千分一"理念的实践，要引入小组化运作的模式，使得助学行动能走得更加合理和长远。有人问坤叔，助学这么多年，家里的人都支持吗？一辈子赚的钱都用在了别人身上，子女能理解吗？自己孩子的教育问题怎么处理呢？坤叔介绍了一下孩子们的情况：女儿在广东省电视台工作，儿子是著名粤剧演员红线女的徒弟，儿子是专业的粤剧演员，工资虽然不高，但单位稳定，也算衣食无忧。儿女都很支持、理解他，加上妻子，他们一家四口都曾多次前往凤凰一起看望那些受助的孩子。

就在笔者结束采访之际，就有两个来自湖南凤凰的90后女孩来看望坤叔，她们曾经是"千分一"的受助者，目前在东莞某幼儿园做老师，"因为马上要回乡过春节，临行前便来看一看坤叔"。说这话的时候，女孩们看着坤叔，眼里尽是关切之意。

附："助学大王"张坤

为助学，他甘愿风餐露宿；为助学，他花去了千万家产；为助学，他连去医院复查身体的时间都没有……25年来，坚持助学的张坤被人们敬称为"坤叔"。曾获人民日报"世纪之光"金奖、世纪之星"共和国的脊梁"金杯奖、中华大地之光"优秀主人公金奖"等奖项。

喧嚣中的清净处

我竟不知这座城市还有这样一处清净的庵寺！

出了师大校门，越到马路对面，穿过人群熙攘的大学路，沿着偶有火车呼啸而来的蜿蜒铁路，我跟随两位师兄转了个弯，便在一不留神间蹿进了一个小村子，又不知转了几个略显颓废的小巷，再蹚过一条芳草萋萋的小路，普贤寺——就这样在一株参天古树的掩映下，呈现眼前了。心里的惊喜，与《桃花源记》里的那个武陵人发现桃花源，倒有些许的相似，只是没有落英缤纷、芳菲满目的美丽春景，略有遗憾。

此时，中秋节已过去了半月，正是仲秋时节的傍晚，夕阳在天边仅剩下一抹残红，预示着白天的结束。学佛、传佛之人，常闻当下正值末法时代，这景致，倒映衬了这样的说法。

我为什么要来这里？最近心里很是不平静，总想寻找一个清净的法子。一次，无意中与一起上文学批评史课的孙同学聊起佛学，又因为我俩研究方向接近，我们都对佛学颇有些学习的兴趣。孙同学的导师还是一位长久学佛的居士，他的学佛兴致更浓。言谈间，我感叹所在的这座城市太小，似乎除了那相山之上香火旺盛的显通寺，便没有旁的可寻个清净的地方，也没个可跟随比丘或是比丘尼们做早晚课、一同念佛的好去处。孙同学说，倒有一个去处，庙里都是比丘尼，他和一位已皈依的本地师兄去过几次。我便兴致勃勃地请求他们带了我去。于是，便有了前面的一路寻觅。

寺庙我见过不少，大多是在山中藏身的，也有在竹林中矗立的——如故乡的西竹寺，也有以王府改建的——如都城北京城里著名的雍和宫，但建在这样一个小村子里，背无山可靠，前无竹可依，周边又无水可环，倒是第一次见。兴许，也正因为这些原因，这普贤寺便也没有想象中那么宏伟壮观——比起显通寺，可真逊色得像个小家碧玉了，香火也远没有那里来得旺盛。不过，更多的，还是新建之故吧。师兄说，这寺是台湾的慈善机构前几年捐建的，当然无法与历史绵远的显通寺相比了。进了门，我才发现——的确，除了大雄宝殿，多数佛殿还在修建中。

晚课时间是六点半至八点。我第一次来，诸多规矩是不懂的。师兄见到了一些姑子们，很熟稔地打了招呼，互道"阿弥陀佛"。离晚课还有些许时间，孙同学便带我脱下鞋帽进了宝殿。他从殿左进入，我从殿右进入。接着，他教了我拜佛的正规礼仪，比起平日简单地在蒲团上跪拜可要复杂了多。不久，我们走出殿内，各自进了更衣室，披了袈裟。袈裟穿上实在麻烦，旁边的女居士见我一副笨拙的模样，热心地帮我结上衣带和衣扣。

很快，我就随了居士们鱼贯而入。姑子们已经在大殿内排列就绪，最后面与我们近乎一排的，还有个十来岁模样的，头发极短，似乎还未受戒。我的脑海里倏忽间浮现出汪曾祺的《受戒》里的小和尚的样子——大抵跟眼前这个孩子差不多。很快，鼓声、木鱼声响了，清净心在肃穆中自然生起。第一次这么正式地在寺庙中念佛，心里自是欢喜，却也有着一种莫名的压力——翻看了手中的经文，唯一熟悉的就是《心经》，《地藏菩萨本愿经》我虽有读过，但并不熟练，还有很多不熟悉甚至从未见过的经咒。念颂的顺序没有按书上经文的顺序来，领颂的师傅和姑子们流利得如山间潺潺的泉水般自然顺畅，孙同学和师兄又在佛殿的另一端，我一时间找不到经文所在，不知所措，窘态尽显。前面一位年长的居士，并不需要佛书。我身边的一位居士虽也拿着书，但知道念的是哪个经文，可以紧跟随念。我却翻看了许久都不知道是哪篇经文，幸好旁边的这位居士帮忙翻给我。我心里万分感恩，同时又很羞愧，感叹自己学佛不够精进，抬头见佛祖仍是微笑着面对我，顿时静下心来，紧跟着师傅念，竟很快跟上。终于念到《心经》，我也可以很顺畅地完成了。

不知过了多久，似乎要结课了，看到领头的师傅开始在走动，后面的一个个随行，才知这是在绕佛，大家都随念"南无本师释迦牟尼佛"。绕佛结束后，大家各就其位，又开始唱颂经文。结束后，由领颂的师傅回向给众生。我们这些人或同念，或跪拜发愿。

一堂晚课结束了，有一种很轻盈的东西在心里轻轻摇荡，是什么呢？不清楚。但我清楚的是，在这里，我明白了清净的意味。此时，夜已清凉。

城乡碎片

一城·童年

黄昏，小镇，古城墙，老街。废弃的古老木楼，雕梁画栋，檐角精美，二楼的露台已然敞开、裸露，仿佛在向世人展示它残余的美丽。夕阳余晖的映照下，时光被赋予了独特的柔软质地，萦绕着老屋，缓缓流动。一切影像都是温婉的。

推开往事的大门，踏过记忆的门槛，我伸出手，想去触碰、抚摸儿时熟悉的砖墙，可是，须臾之间，眼前真实的景象竟悉数化成了烟云，消散殆尽。方才醒悟，原来，是夜的使者——"梦"悄然驾临了。这梦，如精灵般，悄悄地来，又轻轻地去了。

哦，我是多久没有再踏足这片土地了啊？那记忆中曾经温润、祥和的石板街，就这样，连在梦中怀想，竟也成了奢望。

从梦中醒来，张开空无一物的掌心，我禁不住内心的痛惋，一声叹息，沉重地忆起白日里外婆在电话那头说的，老屋已被拆掉了，老街也已在翻新了，听闻要打造成美食一条街。当听到那座我童年求学之路上过河时必不可少的、历经风雨摧残的老桥也要被炸除时，我似乎听到了老桥在轰塌之际发出的沉闷的哀叹。那在时间之路上蹒跚着行走了千年的"才子之乡"，那在历史长河中流淌了千年的水乡小城，犹如一株温润苍黄的记忆树，终究抵不过现代科技的伐掠，在地方志的记载中沦为另一番面貌。于是，我只能不停地依靠记忆去感受老街旧时的模样。

都说，童年是最值得怀恋的过往。

想起不久前，和一位年逾不惑的友人聊起故乡之事。友人回忆当年尚为孩童时的景象——常常和伙伴们一起，偷偷拆了河边人家栽种的豆荚架子，扮演《英雄儿女》中的王成，手撑一根竹竿，齐齐高喊一声"我是王成"，又满心豪气地跳进小河里。友人那稚童般喜逐颜开的模样和爽朗快乐的笑声，令我心生感慨：无论岁月如何更迭，童年的美好和快乐，总是能勾起我们最美好的神思与向往。

那么，我该凭依什么去怀想那美好纯真的童年呢？

是那敲着铁板，吆喝着"叮叮咯，叮叮咯，换糖娶老婆"的"换糖佬"；抑或是从乡间挑着满满一扁担两箩筐水润盈绿的青菜来城里卖的壮汉勤妇；还是，在书院旁边溜光的石板上恣意摆弄着手艺，一眨眼的工夫就能画出十二生肖"糖画"，挑动着孩童们味蕾的绘糖人；或者是，牛杂粉店里传出的萦绕在巷陌之间的阵阵浓香；又或者是，刚下了水船登上码头行走到老街上嚷嚷着要一碗豆腐花的撑篙人……然而，令我忧郁的是，连这些也早已不见踪影了呀！

没有了老街，没有了老屋，没有了潜藏在记忆之海的人、事、物，我该拿什么去怀恋你——我那在老街里沉淀着的童年时光啊！

宋人姜夔有词："二十四桥仍在，波心荡，冷月无声。念桥边红药，年年知为谁生？"如此美好的句子，这样深刻的叩问，流传至今，不知触动了多少人的心。试想，廿四桥边，掬一把绿波，捧一株芍药花，却心下茫然，只因心中那些美好的人与事，早已玉殒香消，化作烟云。

在廿四年华的尾声里，我的记忆也被迫搁浅，茫然不知归处，只能默默在心中叹一句——"一梦廿四年，故地已换颜。"只因故乡的新颜，早已是一番陌生的面容。那曾经令我沉醉不知归路，任由母亲遥远的呼唤声从小巷中悠远传来，我也不愿回家的老街，早已化作了碎瓦残砾，沦落为记忆之海中无法复原的碎片。

市·成年

东莞，东城，威尼斯广场的晨钟已然敲响。

我疲惫地拉开窗帘，灼目的阳光早已挣开了层云和纷纷尘埃的阻隔，以霸气的姿态直直地穿透玻璃窗，刺入眼帘，生疼。城市的喧嚣之声，也浓重地扑面而来，蛮力地窜进耳膜。瞬间，心中因无处怀想而缱绻的忧伤被新一轮的太阳遮蔽。

恐慌袭来。因为，又是忙碌的开始。不可避免，无处解脱。

匆忙的洗漱，匆忙的穿戴，匆忙的脚步，终于赶上在站台边缓行的公交车。那些我们渴望的"现世安稳""岁月静好"，在不知不觉中就变成了似乎很久远的美好词语。

窗外宽阔繁荣的街道和内心故乡静谧的老街，就这样在我的记忆之书中形成了鲜明对比。要在这座于改革开放中日新月异的大都市，寻到那样的老街，是何等奢侈的事情。

"川流不息的人群是交织错结的命运。"望着身外的繁忙景象，看着车厢内不断上落的人群，我的脑海中跳跃出这样一句话。

上上下下的，大多是衣着光鲜亮丽的办公室职员。公车广播中的提示响起："可园北站到了，请到站的乘客下车。"一对着装朴实的民工夫妇提着大包小包，艰难地上了车。这两人黝黑的脸，都带着沉重的疲惫神情。大包小包塞得满满当当，在车厢内很是显眼。他们是从远乡来找工作，还是刚刚辞了工要辗转去另一个工业区？我暗自思忖着，却无从得知。就这样，我像一个偷觑者，不动声色地躲在窗边，看着他们二人，脑海里却是风起云涌，想象着他们上车前已然发生的过往，和下车后或许会发生的事情。

光顾着思忖，我却忘了自己该下车。直到下一站，才忽然想起，却已错过了该下的站台。出乎意料的巧合出现了——当我焦急地从拥挤的公车挤下时，朋友的车出现在了眼前。这应该就是人们常说的"上帝给你关了一扇门，一定会为你开一扇窗。"

朋友将我招呼上了车。生活大抵如此吧！在你为某些事而积郁的时候，总会有些人适当出现，成为你排遣郁闷的对象。听了我的想法，朋友说："老街，东莞也还是有的，得了空我带你去看看。"

从此，我便认识了东莞的老街。它虽然比不得故乡的老街古朴、沉稳，却另有一番韵致——与运河西岸文化广场的喧闹相比，它是如此的静默无声，又于无声中彰显着"海纳百川"的城市精神内质。踱步于振华路上，你能从两侧中西合璧的骑楼感受岭南与西洋风情的巧妙融汇。不难想象，七十几年前这些骑楼异军突起，将迎恩街、打锡街、驿前街变身更名为"振华路"的兴盛状况。尽管骑楼下做小生意的人家，已经没有往日的忙碌景象，却仍能让我们从平淡安宁中遥想当年老街的人来人往。在时光的悠然拂拭中走过了半个多世纪的"东方红照相馆"，在大西路口安静地伫立着，与附近的罗德炭画馆静静相望，彰显着现代与传统的画影艺术的和谐相处。老房子斑驳的面容中，依然能模糊地看见那些精致的花纹，寄寓着过往的美丽生活。

也是有潦倒零落的小巷的，然而，正是在这颓败的巷陌之间，我找到了你——故乡的影像。有人家院墙里的木棉花探出头悄悄地瞅着路人，悠扬的粤曲从里屋舒泰有力地传来，心也有了些许诗意。想起一位作家朋友说过的，一个人可以不写诗，可以不读诗，却不能没有诗意。同样的道理，放诸于一座城市，也当如此吧——不能失却了诗意。于是，我用笨拙的文字记录下这都市中残存的诗意：

我打岭南走过

是一个卸了鞍的游子

那等待季节里的容颜

如木棉花的开落

那一朵朵红颜

与曲韵织错

在我的心空

抹上了一片红云

三乡·流年

"没有荷花，荷叶也漂亮，摘一片荷叶回去也是一样的。"站在桥头的荷塘边，听到友人的这句话，我想到了心中的老街，没有了故乡的老街，莞城的老街，也可以是一个诗意的所在。

清初名剧《桃花扇》的"哀江南"一折有："秋水长天人过少，冷清清的落照，剩一树柳弯腰。"纵使秋意阑珊，只落得一株柳，也还是值得去期待的。恰如戏曲中虽兴亡之感满目，我们却仍可以从侯方域、李香君之辈身上感受到民族情与爱国情。

只要心有诗意，心存希望，心有所系，时间再流逝，岁月再无情，即便记忆的怀想断裂成碎片，也会为心而留存。

于是，此刻，我在东莞，北望故乡，穿越八千里路的日月风尘，我在流动的年华中看到了小城的老街，如破旧的老水车，咿呀作响，在记忆之河中轮回。

都市丛林中的小清新

人们常说，现代都市，犹如一幢幢高楼大厦组成的钢筋混凝土丛林，完全没有诗意可言。今年7月的南城诗会上，有位作家曾说：我们，或许可以不写诗，甚至可以不读诗，但是，我们不能连生活也没了诗意。在熙来攘往的老城区莞城，罗妮咖啡馆给我们带来了一股清新之气，也给我们带来了久违的诗情。

一抹葱绿，几簇粉红

与邻近的诸多街道的繁闹相比，可园北路显得如此安静。没有大型购物商场的拥挤，没有手机店恣意高声播放的流行歌，没有各色餐饮馆的烟火气，没有来往驰骋的各路公车……这是一个寂静的文化艺术区域——可园、岭南美术馆、东莞文学艺术院，尤其在隔运河相望的莞城中心广场区的对比之下，显得孤独冷清了许多。在这里，你很容易被清净环绕。

罗妮咖啡馆，则成为了"寂静中的欢喜"。她像一个闺阁中莹然等待归人的少女，不哗众取宠，不张扬外露，置身于错落的老房子中间。若非生活的留心人，不容易发现这个咖啡馆的存在。以致于有位在附近上班的人说："我都不知道这里还有这样一个咖啡馆。"咖啡馆没有大幅宣扬的店牌，也没有精致特制的大门，门口是两张相对放置的藤椅和圆桌，加上灰墙上玲珑精致的小招牌——Ronnie's coffee，告诉路人，这是一个咖啡馆，你可以走进来。

初遇罗妮，是被一丛别样的绿意和几抹粉红所吸引。可园附近的老房子是多见的，树也不少，那墙上的爬山虎，却是别处所没有的。还有，门边的那堵灰墙，既是咖啡馆主人崔妍当初选择这栋老房子的重要原因，也为咖啡馆古典素雅的风格添上了令人深刻的初印象。

始于爱情，结于咖啡

走进罗妮，你会为自己的选择感到惊喜，也为主人的精妙设计和独特的审美趣味而赞叹。倘若了解咖啡馆的来历——丈夫送给妻子的新婚礼物，你会明白，原来，罗妮的古典与清新，正是主人崔妍与先生詹建新审美情趣的外化。

詹建新和崔妍结识于 2010 年 10 月。半年后，为了让崔妍放弃在深圳外贸公司的白领工作，来到东莞和他结婚、生活，詹建新试着探寻心爱女人的心思，小心翼翼地和她聊起了将来的打算。结婚前，崔妍从来没来过东莞，恋爱时都是詹建新跑深圳，在东莞她一没亲戚、二没朋友，她很难想象到了东莞以后的生活。这也不难理解：一个从东北远道而来，好不容易熟悉了深圳生活的女孩，又要到一个陌生的城市，心里自然会有不安全感。

崔妍很喜欢喝咖啡，有一家属于自己的比较特别的咖啡厅，是她的一个小梦想。找到了切入点，很快，詹建新以咖啡馆为中心，为崔妍构筑了一幅来到东莞生活的美好蓝图。崔妍没想到，一次闲聊的话，居然被爱人牢牢记在了心里，并且很快就成为现实。

罗妮咖啡馆于 2012 年 5 月正式营业，既然是送给爱妻的新婚礼物，自然就以崔妍的英文名 Ronnie 为名。整体设计全部出自于丈夫詹建新之手，他本人就是一位室内设计师。从罗妮咖啡馆的点点细节，我们既能感受到詹先生对太太的爱，也能探知到二人的艺术气质。

古典为体，清新为用

莞城作为东莞文化艺术的中心区，并不缺乏人文艺术氛围，更是时尚文化的引领者。罗妮咖啡馆无意于刻意附庸风雅、追求时尚，而是坚守着自己的审美意趣。这也使得罗妮在彰显自我特色的同时，成为老顾客心中诗意的栖居地。

人们常用"文如其人"来形容文字与其作者的关系。那么，我们也不妨用"屋如其主"来形容罗妮咖啡馆与主人的内在关系。

踏过小小的外门，就像看到了一幅真实版的国画：一排细嫩的翠竹映入眼帘，以此为背景，一躺椅、一靠椅、一桌、一套紫砂茶具、一盆小花，构成了独特的茶韵翠竹图。二进阶的门，左侧的博古架上，满目的青花瓷器，形态各异，各类花纹图饰，有花瓶，有香瓮，有墨砚……悉数成为古典淡雅的化身。詹先生的故乡在"中国瓷都"景德镇。这些瓷器全部产自景德镇，一部分是詹先生自己的收藏，另外的，则是他的朋友亲自绘图、制作的瓷器。

看到这些，我们不难猜测出詹先生的艺术修养，如崔妍所说："我先生是学国画的，很喜欢古典、怀旧风格的东西，我们的家庭装修风格也是这样的。"现代人急于追求时尚、潮流，却忘记了对中国文化的传承，詹建新也想通过一些东西来让人们回忆起那些美好的传统。像罗汉床、书架这些家具，还有瓷器的布置，他都是有用意的。

如果说詹先生定位了罗妮咖啡馆的整体气质，那么，作为妻子的崔妍则从细节上，为古典之美注入了清新的气息。轻纱质窗帘、精致的灯饰、小巧的桌垫、花草盆景、蕾丝桌布、线装菜单，包括烟灰盒、咖啡器皿、花茶器具的选择等等，无一不体现崔妍对这份礼物的精心呵护。"这里的很多小东西都是我和先生去旅行的时候淘来的。每次旅行，我们都会想着为咖啡馆置办一些别致的东西，比如这个烟灰盒就是我们在凤凰旅游的时候发现的，还有这个台灯，是我们从云南带来的。"可见，两人对于这样一份爱的成果的用心。

以爱为名，结友为乐

古典与清新，在这里融合成了温馨的"爱的小屋"。单从这别具一格的线装式的餐单，就能看到二人浓浓的爱意，崔妍写的餐单名，詹建新为餐单配上一些简单的水墨画。

崔妍说，这是她的第二个家。这一点可以从她的新浪微博得到验证——她亲切地称咖啡馆为"罗妮家"。因为在东莞没有自己的朋友，什么都是从零开始，与纯粹的投资创业者不同的是：她想借这样一个地方去结识更多的有着相同兴趣爱好的朋友，所以，她也愿意花时间待在咖啡馆里，而不仅仅是做一个投资者，为了盈利而已。毕竟，做咖啡是一个相对专业的行业，为了更深入地了解咖啡，她还特意去星巴克学习做咖啡。

"因为地方比较隐蔽，基本上都是老顾客，我和他们也慢慢成为了朋友。"也有原来在深圳的朋友，来到东莞时，会来罗妮家坐坐。"我们这里有个大房间，有时会在这里上瑜伽课，请老师来上心理学课程，还会举办交友活动，甚至开展'剧本杀'。朋友们也都还算捧场，游戏活动我们最多的时候有20多人。这些课程活动都是免费参与的。"通过这些活动，崔妍在这个"小家"里建立了自己的交际圈，结识了越来越多的朋友。她时常能收到顾客在外地旅游时寄来的明信片，这些都给了她坚持下去的动力。

然而，现实与理想还是存在一定差距。女儿的出生给崔妍带来快乐的同时，也让崔妍在事业和家庭的奔波中产生了疑虑：尚在襁褓中的女儿急需母亲的照顾，雇来的服务生，隔一段时间就会离开，服务也不一定能让顾客满意。提到想寻找合作伙伴，或者实在不行将咖啡馆转让，崔妍说："我先生自己在做公司，没时间照顾孩子，更何况，孩子的成长，妈妈怎能缺席？想等到女儿两岁以后，再回归到这里来。"也有人来谈，想买下这里，但是，因为对方目的是做酒吧，被崔妍拒绝了，她还是想将这一份"爱的礼物"完整地保留下来。"最好是能和对方合作，对方愿意接受我这种风格的咖啡馆。"

像所有的咖啡馆一样，罗妮咖啡馆不可能迎合所有顾客的喜趣，但是，喜欢她的人，总能始终如一地不改初衷。曾经有三位顾客，因为到附近玩，便想进罗妮来坐坐，但因为咖啡馆的开业时间是下午一点，所以，顾客便守在门口，电话给崔妍，等她赶来开馆。这样执着的喜欢，怕是少见的。而崔妍只要有空，也一定会到咖啡馆来，和已经成为朋友的顾客们见面相聚。这种情怀，是不是如仓央嘉措的诗一般，"默然相爱，寂静欢喜"？罗妮咖啡馆，就这样在默然寂静中，传递着她独特的诗意情怀。

丁燕：用诗人情怀抒写现实人生

从乌鲁木齐到东莞，从西北到华南，从内陆到沿海，这个转变，带给丁燕的，不仅仅是作为一个移居者在视野上的冲击性变化，更多是作为作家抒写方式的转变。然而，从"葡萄诗人"到"非虚构作家"，看似在创作上成功转型，但在丁燕的内心，她对生活充满诗意化的构想与观察，来自她那颗不变的诗人般的赤子之心。所以，尽管如今已经凭借非虚构创作在各大文学类核心期刊频频亮相，并凭其非虚构写作名列各大榜单而再度为大家所关注，她仍坚持认为自己是一个写诗者，正如其博客名所标注的——"诗人丁燕"。

"其实，我从未改变"

丁燕最初以诗作走进文坛，便凭借其葡萄诗及其中独具审美意蕴的意象，被大家亲切地称为"葡萄诗人"。"文如其人"，把这四个字用在丁燕身上，或为恰当。笔者很少读诗，但同样是写作者，我能体会到丁燕身上散发的那种诗人情致和诗意情怀，也很快能理解她讲述的那些感受。

写作的人，常常对让自己第一印象深刻的东西念念不忘，但又不会一下子就将想要表达的东西喷涌而出，而是在心底将其逐渐地发酵，这种行为更多的是一种不自觉的状态，等待一种契机，那便是灵感。这种过程与酿酒有些类似，只有达到某种必需的温度、湿度与所需时间，酒才开始有了它的初始醇香，并迅速溢香，直至香传深巷。

丁燕说，她并不是一开始就发现葡萄的。她在新疆的葡萄架下长大。葡萄，对于她来说，是再熟悉不过的事物。但是，在西部诗盛行的年代，处于豆蔻之龄的她也曾追随大流，写着那些追求大境界、彰显西部大情怀的诗歌，却忽略了"葡萄"——这个她最为熟悉、也最别致的事物。

尽管那时写得也还挺成功，大家也都喜好"这一口儿"，但是，在创作重复了一段时间后，丁燕对自己有了不满，她自问："难道写西部诗就一定要这样写吗？"在和朋友的聊天中，丁燕受到启发，又在葡萄架下的沉思中，她发现了葡萄。当看到一颗颗葡萄在阳光下如珍珠般熠熠生辉时，她一下子激动了起来，内心有一种强烈的声音告诉她——这才是你最想要表达，也最应该去描摹的东西。葡萄，这是她孩童时代，就早已熟悉了的事物啊！找到了这个契机点，丁燕笔下关于葡萄的诗歌，如呼之则来的山雨，仿佛获得了酒神赐予的"狂欢"，不断跃动在同行和读者们的面前，那种创作激情是难以抵挡的，那些律动着的诗行，如果香四溢的葡萄，散发着属于它们独有的芬芳。

有人说，孩子是天生的诗人。来到东莞，丁燕同样是带着一种孩童般的眼光，去认识这个全然不同的世界。她对这个从未涉足过的南方工业城市，像走近葡萄一样去走近它。她从来不把自己当作外人，尽管她的确又是一个异乡而来的迁徙者，所以，在她新奇的眼光里，更多的是对这个新世界的迫切了解，她渴望自己能尽早地拥抱这个以"海纳百川"标榜自己的城市。

在丁燕的眼中，这个城市是一个正在奋力前进的孩童，到处充满着生机，"这是一个处于新鲜状态的城市"，而她自己，对于这个城市来说，也是一个初来乍到的孩子，所以，在人们眼中毫不起眼的东西，统统化作了她心中念念不忘的意象，这"意象"带来的感觉，或欢喜，或忧愁，或惊异，赞叹，都在两年后，化作了她非虚构世界中的文字基石。

是的，丁燕从未改变，不管是写诗，还是写作"非虚构"，她始终怀着一颗极力发现、急切探索的心，去不断翻新自己，还原自己的初心，也正因此，读她的作品，我们能深切地感受到她字里行间透露出的这种情怀。而在从事非虚构写作的过程中，她也从未放弃过写诗。于是，她的诗集《母亲书》，诗论集《我的自由写作》也在此期间，逐渐写就。

胸怀诗情，抒写现实

时间可以冲淡我们的记忆，却永远无法抹杀某些人、某些事给我们带来的悸动。在丁燕看来，写诗的酝酿过程是更长久的。的确如此，看似简短的诗言诗语，远比写作非虚构来得要旷日持久一些。这也是丁燕来到东莞，却迟迟不肯写诗的原因之一。

当然，也有更深层的原因。那就是，这里毕竟不是她的故土，至今，她还未找到如葡萄般能深入骨髓的意象。而这之前，郑小琼诗歌中有关"铁"的意象已经深入了东莞这座工业城市骨髓，然而，丁燕并未找到能深入她自己的骨髓的意象。"这并不是说东莞没有。东莞也有如陈残云《香飘四季》里描写的岭南风情十足的水乡美景。这也是我所喜欢的。但是，我并不是生长在这里。"丁燕说，"我觉得，在这里土生土长的本地人如果去写，应该会写得很好。"毕竟来到东莞的时间很短，丁燕也憧憬着，假以时日，可以像熟悉新疆一样，熟悉东莞，那时，她会充满深情地用如描写天山般烂漫的诗句，去描摹这座城市工业面纱下那些温柔旖旎的农业意象。说到这里，相信，读者们已经能感受到丁燕内心的那份对"故乡原风景"的怀有的持久悸动。

我们在遗憾暂时不能通过诗句去感受丁燕笔下的东莞生活的时候，却也能从她的非虚构作品中，窥见她坚守的那份诗人容易悸动的心灵。不去看内容，就单看一些标题，已经是诗样的话语了——"第二面的生命""深夜尖叫的兰花""何日君再来"……再细细去品味那些语句，流水线上曾经被标志化为疼痛之源的机械化工作，琐碎、平常甚至看来令人厌倦的白开水般寡淡无味的生活，在她的笔下，有了别样的审美意味。

现实的"不堪承受之重"已经让我们很疲惫，为何还要那么直白地袒露在面前？所以，诸多抒写东莞现实的作品，不妨向丁燕学习，让疲惫的我们发现：现实虽是如此，却可以从中发现它的美。这并非说，丁燕在有意美化，同样是写在下班的路上疲惫不堪，然而，跟随丁燕，我们可以做到——"我抬头，看到云朵沉默地躺在天空，散发着只属于自己的气味。"在抒写现实的同时，也散发着只属于自己的气味，这或许，正是丁燕的非虚构作品能迅速地为公众接纳的原因。

在东莞的土地上，丁燕不是以打工者的身份踏足，她也没有以作家身份"自持"，而是将"作家"的名号隐匿，甘愿走进工厂，成为工厂中的一份子，和工友们同吃同住。正是这种隐匿的身份，使她能做到不过分执着于现场，也不流于旁观者的冷漠。这让她的笔端流露出来的工厂生活，少了那份打工者们执着不放的疼痛，多了一份走出书斋的真实。文艺作品之"艺术的真实"因此而得到了最大体现。

　　"为艺术的人生"，这样的标签用在书画家熊曦身上是不为过的。他的身上，有着江右儒人沉稳的气质，也有着书香世家的中庸之道，更继承了临汝文化"勤苦治学、淡泊秉正"的风骨。

才乡文化孕育的书香世家儿女

　　临川古称临汝，自古文风昌盛，英才辈出。唐朝王勃在他所写的传世名作《滕王阁序》中，就发出过"光照临川之笔"的由衷赞叹。至宋，临川又因科举连捷而在文化史上流光溢彩，被著名学者董震誉为"人才之乡"，民间大众俗称为"才子之乡"。"临川文化，华夏奇葩"，这是 1992 年 11 月在北京人民大会堂举行的"弘扬中国临川文化暨兴建汤显祖文化艺术中心"新闻发布会上，文化部常务副部长高占祥的题词。

　　所谓"临川文化"，是指由武夷山环绕的抚河水系，以临川古邑为汇合中心，经受历史时空的孕育，人们在自然和社会环境生存发展中精神行为的升华。

　　临川为千年古城。地方志说：临川"民秀而善文"，"乐诗书而好文辞"。历史上,临川城内建兴鲁、青城、临汝、峨峰、崇儒、碧涧、槐堂、兴贤书院以及红泉精舍等,还有乡学、社学、私塾、蒙馆、鉴馆,形成了一个多层次的文化网络,而当时的学生,"每课诗文,必须出自亲裁。"同时,每逢课期生监一等第一名奖赏银肆钱;第二名、第三名各奖赏银两钱。这些做法,促使临川形成了一种喜书、好学的社会风气。"为父兄者,以其子与弟不文为咎,为母妻者,以其子与夫不学为辱。"

熊曦出生于江西丰城,与著名的"才子之乡"临川毗邻,属临川文化与豫章文化的交汇处,乡音与临川亦十分接近。

熊曦世代居于丰城。熊曦的曾祖熊灿坤是前清武秀才,读书、习武、行医,还写得一手好字。熊曦祖父熊静安是江西大隐,亦是著名文人书画家。静安翁在民国十九年(1930年)以国画系全科第一的成绩毕业于上海美专,并曾在国立中正大学(今江西师范大学)教授文史书画,作品以高雅清奇为特点,书法作品更为书画界广为推崇,并有不少诗词作品留世。熊曦父亲是"文革"前学工科的知识分子,一直在江西某大型国企担任高级工程师,母亲是一名中学教师还曾担任过中学校长。可见,其家学渊源颇深。

致力艺术,执着追求

在熊曦看来,自己对书画的爱好,似乎是从骨子里就带来的。当然,祖父自"文革"平反后寄情山水,以书画为乐的生活,他也耳濡目染。祖父对长孙熊曦的影响不小。

回忆起自己的少年生活,熊曦的脑海中浮现的便是自己年少时在教室的黑板上画画的情景。因为母亲是老师,熊曦得以被允许长时间地逗留在学校里。每到周末，他也会来到无人打扰的教室画画，经常一画就是一整天。熊曦长大一些后，其祖父静安翁平反，在老家安度晚年，常有亲友来求字画，也有慕名前来的人专程求师、学画。作为长孙的熊曦，时常在旁观摩。由于天分所在，少年熊曦学画也颇有慧根，直到高中，他的绘画都常常为师生们津津乐道。

高考填志愿的时候，熊曦向父母提出了学习报考美术专业的想法，却遭到了父母的强烈反对。的确，在"学好数理化，走遍天下都不怕"的 80 年代，学美术，这是多么荒唐的事情。无奈之下，熊曦选择了父母勉强认同的文科，大学学的是师范类政教专业。然而，他对书画艺术的兴趣丝毫未减。因为"觉得读错了专业，对绘画的情缘怎么也割不断"，所以，在学习本专业之余，熊曦会常常跑到学校的美术系去听课，经常和美术系的师生交流，并跟随他们画画，暑假时会与他们一起出去写生。闲暇之余，他还会经常去江西文联参观书画展览。同时，熊曦每次回到家乡，也跟着祖父学习绘画。

傅周海先生，是著名的工艺美术师，在熊曦的艺术生涯中，扮演着恩师的身份。傅先生在江西工艺美术研究所工作，是中国书法家协会和中国美术家协会会员。熊曦早闻其名，亦对其作品钦慕不已。熊曦主动登门拜访傅先生，请求跟傅先生学习书画，还报名参加傅先生举办的书画培训班。

工作转到广东后，熊曦仍不忘继续深造，完善自我。到华南师大美术系完成真正学历意义上的艺术教育后，2002 年，他又参加了中国美术家协会的高研班接受继续教育培训，2009 年又到中国国家画院学习，成为龙瑞山水画工作室的画家。

诗词书画，修身怡情

"虽不能致，但心向往而追求之。"用这句话来形容熊曦是恰当的。因为大学学习的是政教专业，熊曦阅读了不少中国古典哲学著作。中国古代文人，诗、书、礼、易都有涉猎，不断提高自身修养，用以修身通达天下。和诸多江右文人一样，熊曦始终以文人的要求来规范自己。他告诫自己，一日不可不学。"我看书的时间，实际上比画画时间还多。"在熊曦看来，中国的文人绘画，讲究诗、书、画相统一，并通过作品传递着古老而经典的思想。"我想，人生的意义，或许就在于以书画为基点，追求一种文人的情怀。"熊曦如是说。

他也强调人文艺术的相互打通，"画画，也如写诗、填词，填词又如画画、写字，我尝试着将这几种艺术打通。"因此，我们在欣赏熊曦的书画作品之余，也能在文学期刊上看到他创作的古典诗词作品。

谈到当今诸多书画家热衷于开个人画展，为企业宣传写字作画，熊曦说："这种现象无可厚非，人总是要生活的。但是，对于我来说，衣食足矣的情况下，去一味迎合市场，为了追求所谓的经济价值，而放弃自我的艺术追求，我不大愿意去做。"确实，真正的艺术家，早已经超脱了无止境的欲望。如熊曦所言，"有衣服穿，有饭吃，就够了，把那些时间用来做自己喜欢做的事，用来画画、写字，多好。"

附：人物简介

熊曦，诗书画兼修。出生于江西省丰城市，结业于中国美术家协会2002年高研班、2009级国家画院龙瑞山水工作室，中国书法家协会会员、岭南画院签约画家，东莞市文联《东莞书画》杂志执行主编。美术作品曾获中宣部"纪念延安文艺讲话五十五周年艺术展优秀奖"、"岭南墨韵·全国中国画展优秀奖"、"广东省第五届中国画展金奖"，并入选全国首届写意中国画展、全国首届山水画双年展及 2005 年全国中国画展。书法作品曾多次参加全国书法篆刻展、全国中青展、全国新人新作展，入选第二届中国书法"兰亭奖"艺术奖，出版有《中国画青年名家系列－熊曦卷》，作品被多家博物馆收藏。

亲爱的孩子，
遇见你很美，

教师节的前一晚，我收到小陶妈妈发来的语音，听到小陶的声音："尧老师，祝您教师节快乐！"虽然毕业已经两年了，小陶的声音也因青春期的到来变化了许多，但他逢年过节都会通过妈妈的微信发祝福语音，所以，对他的声音我并不陌生。

如果时间倒流回他刚转校的时候，这是想都不敢想的——要知道，我和小陶的初见并不美丽。

不美丽的初见

小陶的入学背景是：一年级在本地的某所寄宿制私立学校学习；二至四年级在惠州的某个国学院，长期寄宿；五年级上学期转入我校。

刚进入我校，小陶用脏话骂同学，把同学按在地上打，逼同学屈服于他，不愿写作业，上课打瞌睡，会和老师犟嘴……他经常被同学、科任老师投诉，还收获了同学们给的外号"淘气包"。对他的行为，我有治标不治本的"捉襟见肘"之感——收到一个又一个投诉后，我都是用班级公约约束、惩罚他，似乎也没有其他办法。而他对我的这些措施也已经习惯。

于是，我尝试探寻小陶非正常行为背后的原因。

通过和小陶母亲的不断沟通，我了解到：原来，小陶在一年级的时候，父母因尚在创业的关键期，他被放进了学校寄宿。缺乏父母关心的他，和同学经常打架。小陶父亲认为，老师的处理方式不当导致小陶频繁打架。为了让小陶有所转变，小陶父亲在没有和他商量的情况下，把他直接转学到了邻市的一个国学院。二到四年级，除了假期回家，父母也甚少去探望他。然而，小陶有个小他四岁的弟弟。弟弟从未离开过父母，而且，弟弟读的是一年要花费二十多万的国际学校，小陶读的则是普通的私立学校。

从小陶妈妈的朋友圈，我也发现：朋友圈里晒的都是弟弟，从未出现过小陶的身影。也就是说，父母存在偏爱的行为，或者从另一个角度看，在妈妈的眼里，弟弟才是值得晒出来的那个孩子。

经过分析，小陶在家不喜欢做作业，是因为他一直以来都是在晚自习时，在老师的监督下写完作业。小陶不喜欢英语，是因为他在五年级之前压根就没学过英语，毫无基础。

学会"驯养"

了解到以上基本事实后，身为女教师的天性让我对小陶产生了同情。我深知：这是一个需要爱、需要驯养的孩子。

关于"驯养"，有人可能会提出质疑。因为"驯养"并不是一个平等的词语，这似乎是人与动物之间的关系。

在童话《小王子》中，有一段狐狸和小王子的对话，对"驯养"有这样的解释——

小王子问狐狸："什么是'驯养'呢？"

"这是早就被人遗忘了的事情，"狐狸说，"它的意思就是'建立联系'。"

"建立联系？"

"一点不错，"狐狸说，"对我来说，你只是一个小男孩，就像其他千万个小男孩一样。我不需要你，你也同样用不着我。对你来说，我也不过是一只狐狸，和其他千万只狐狸一样。但是，如果你驯养了我，我们就互相不可缺少了。你对于我而言，是这世界上独一无二的存在，我对于你来说也是这世界上独一无二的存在。"

从以上对话，我们不难理解：与他人建立关系，就是驯养。驯养，其实是一种存在意义上的关联。人正是在与周围世界相互驯养的过程中，才理解了自身与他人之间的关系，理解了自身的意义。

狐狸在请小王子驯养自己时，说："只有被驯养了的事物，才会被了解。人不会再有时间去了解任何东西的。"

当小王子问狐狸应该怎么做时，狐狸回答："应该很有耐心。"

狐狸和小王子的对话，是不是也很好地解释了师生间的"驯养"关系？因为驯养，老师成为学生心中独特的存在，而学生也成为老师心中独特的存在。

建立"驯养"关系

我是如何与小陶建立驯养关系的呢？

首先，我觉得应该用"爱"的眼光去发现他身上的优点。通过与搭班老师的沟通，我发现了小陶的优点：一、他比较尊重女同学和女老师，吃软不怕硬；二、他很聪明，只要一认真思考，做题正确率很高；三、他做错事会认罚，前提是不要跟他硬碰硬；四、他喜欢当老大，喜欢被关注的感觉。

其次，我觉得应该换个思路惩罚他。一天，他又被老师和同学投诉了。课间，我走进教室，一直颇有意味地看着小陶。等教室安静下来，同学们也都顺着我的视线看向了他。我故意打趣道："哎呀！听说，我们班的陶宝宝今天又干了坏事呀！"小陶眼睛里流露出意外又害羞的神情。同学们第一次听我喊他"陶宝宝"，都乐了，七嘴八舌地反应着。我做了手势让大家安静，继续道："陶宝宝，你自己说该怎么罚你呢？"他说："就扣分或罚劳动呗。""可是，你被罚太多次了，还是不断犯错。我觉得班级公约对你起不了大作用。在我眼里，你现在就是个没长大的小宝宝，认错态度良好，可是，下次啊，保证还会再犯。"说完，我转头向同学们征询意见："大家有什么好的建议？"可是，没有令人满意的方案。我决定抛出我的想法，让小陶当班上的纪律监督员，不仅可以监督同学，还可以监察班干部。不过，很快就有同学提出反对意见："小陶连自己都管不好，怎么监督其他同学？"我说："正因为他管不好自己，所以要做好这个岗位，他就必须先管好自己。我相信他可以做好。"同时，我让小陶站了起来，对他说："你也看见了，老师在同学们面前打了包票。你可别让我在同学们面前丢脸。"这时，给力的班干部也带头说："既然老师相信他，我们也愿意相信他。"同学们也纷纷表示，愿意给小陶一个机会。

再次，针对小陶不写作业的问题，我采取了陪伴的方式。《小王子》第四章中关于"房子的价格与价值"的讨论给了我很大启发：价格是被社会所认可的一般价值，而价值是对一个人来说的实际意义。大人更关心房子的价格，小孩更关心房子的价值。孩子关心房子的价值，其实就是关心"我"和房子的关系，房子以及周围的一切对于"我"的意义。

由此，我联想到师生的关系——其实，对于孩子来说，他关注的不是老师付出了多少，而是他得到了多少爱，他是否感觉到了安全。有时，我们之所以会觉得累，是因为我们关注的是价格（即自己的付出），但孩子关注的是价值（他感受的爱和安全）。

小陶对待作业，想写就写，不想写就不写。数学这科的作业，他算写的最多的，因为要写的字少。对语文作业，他会给我面子，但都是"打折式"完成。最夸张的是英语作业，他做选择题就乱填选项，其他一律不写。

为了让科任老师不再投诉，我约了去小陶的家里家访。我了解到，小陶回到家后，第一时间就是把自己关在房间。至于他在房里干什么，妈妈表示不知道，因为妈妈在带弟弟。而爸爸忙于把公司做大做强准备上市，基本都是半夜才回家，完全没空管他的学业。妈妈问他的作业情况，他就说写完了，也不给妈妈看作业。

于是，我和英语老师商量：我们轮流看着小陶写作业。英语老师为了防止他"逃跑"，还把他的书包也拿到办公室，等他在办公室写完，才通知妈妈来接他。

美丽的离别

付出总是有收获的。经过两年的努力，在小学毕业考的时候，小陶的语数英三科都获得了让他父母、他自己也很满意的成绩。

我记得，那个星光点点的夜晚，毕业典礼结束后，小陶特意走到我的身边，向我深深地鞠了一躬，对我说："尧老师，谢谢您！"

正如小王子通过驯养狐狸，懂得了如何更好地去爱自己心目中脆弱的玫瑰，我在和小陶建立"驯养"关系的过程中，懂得了如何去爱在别人眼中的问题学生。

关于爱，其实就是用完美的眼光去看待一个不完美的人，即使这个人身上有缺点，我们也觉得这是可以接受的。

那么，我们如何借助爱去"驯养"好自己生命中遇到的脆弱的玫瑰呢？我想总结这几点：一、了解孩子、呵护孩子；二、接受他的不完美；三、用智慧表达爱的语言，并重视爱的行动。

最后，我想对小陶说："亲爱的孩子，遇见你很美。"

一棵开花的树
——走近"最美教师"

汤铭

仲秋时节，阳光恣意地播撒在松山湖第一小学这所校园的土地上，一切是那样明媚。校园的生态池里，一汪宁静的秋水悠悠地倒映着碧蓝的天、纯白的云，一切又是那么平静。

微风乍起，吹皱一池秋水，荡漾的水波轻轻摇曳着生态池里的莲花，一缕清香在空气中渐行渐远。越过生态池，顺着清香飘向的不远处，你会看到一位总是穿着长裙子的，脸上时常洋溢着阳光般笑容的老师。她好似一棵屹然挺立的橡树，有着粗壮的枝干，根基稳固，扎根于教育这片沃土，在清风中向阳生长，也牵引着和她一起生长的枝丫——团队里的青年教师们，共同繁茂而生。与此同时，她也时刻用目光追寻着那些孩子，守护着在她繁盛的枝叶下亟待成长的"小苗"们。

她总是浅浅地笑着，和孩子们温和、亲切地打着招呼，是孩子们心中的大姐姐。和老师们交流时，她时而会发出爽朗的笑声，这笑声出于她作为音乐教师的独特嗓音，而具有独特的穿透力，感染着他人，让人如沐春风。她，就是大家心中的"最美教师"——汤铭。

扎根沃土，向阳而生

汤铭，一名优秀的中国共产党党员，她曾经获得"全国素质教育先进工作者"荣誉称号，她曾经在省、市、县各级音乐优质课赛中获得一等奖，她先后获得市级骨干教师、市级优秀学科教师、先进德育工作者等各种荣誉……早已荣誉等身的她，却从不将这些荣誉挂在嘴边，而是默默地践行着这些荣誉下所代表的一点一滴的言行，这些言行，时时刻刻都浸润在她的工作和生活中。

这个九月，在得知获得松山湖管委会的"最美教师"和东莞市"优秀教师"的荣誉称号时，她仍是浅浅笑着，正如平常的她。这就是真性情的她，不矫揉造作，只呈现她最真实的一面。

在汤铭老师的眼中，"至善，则为至美"。何为善？如老子所言"上善若水，水善利万物而不争"。水为世间至善至柔之物。水性绵绵密密，微则无声，巨则汹涌，与人无争且容纳万物。水有滋养万物的德行，它使万物得到它的利益，而不与万物发生矛盾、冲突。为师之德，莫过于此——如水般，滋养着她周围的人们。

2018 年 1 月，汤老师从松山湖实验小学抽调，作为松山湖第一小学四人建校团队里的一员，参与学校的筹建与开办，成为新兴土壤上的一名开拓者。在松湖一小的土地上，她和筹建团队的同事们，同看朝阳升起，共沐夕阳余晖。他们常常通宵工作，直到星光披身，甚至到翌日的旭日照在肩头，只为将满腔热情和耕耘的汗水早日演绎成如今青春一小的模样。从此，她犹如一棵扎根于此的橡树，在自我成长的同时，也在不断地滋养着团队中的其他青年教师们。

2018 年 8 月，她作为学校教育教学管理中心的负责人，创造性地提出并实施"包班制"管理模式。这是一次全新的尝试，在松山湖这块极具创造力的创业热土上，还从未有学校有过这样大胆的尝试。前无可循之路，作为负责人的她，为了鼓励团队一起践行这一创新设想，她亲自带班，主动承担语文学科这一她从未涉足过的学科领域，成为107班星星教室的主班教师，与眼睛里闪烁着求知光芒的孩子们共同畅享了一段成长的旅程。随着学校课程改革的不断推进，星星教室这间生态教室也在不断生长，而汤老师，也成为了孩子成长星空下的"点灯人"。

在汤铭老师身体力行的带动下，小蜗牛教室，小太阳教室，小笋芽教室……这些浸润着孩子们生命体验的生态教室，一个个茁壮地生长起来。孩子们的生命在一间间生态教室得到了滋养，松湖一小的所有老师也在促使一间间生态教室生长的过程中，向着明亮那方，探寻到了一条渐行渐宽的康庄之道。所有苦苦的探索和追寻，都是为了实现如汤铭老师所说的"一小人的愿望"：我们愿意奉献给孩子全世界的美好，让我们的孩子在松湖一小呈现最美的样子！

如今，一年过去了。青春的松湖一小，已经在阳光下长成它本该有的模样。这一年，汤老师只用了一句话来简短地概括："这一年，不短也不长。路有些难，唯长大这件事，我们不遗余力！"

扎根沃土，向阳而生，是成长本该有的姿态！

聆听花开，花开有声

"即使是一株草都该有开花的权利。"汤老师如是说。校园，因为有了孩童般的灵气和学习的氛围，给人以生命的思考，使人能在生态校园寻找生命的极致，让人从花叶之中获得人生的哲理和诗情。十三余年的教育教学之路，十三余年的校园点滴生活，让汤老师对作为一名教师的职业观有了更具生命温情的哲学意味的理解。

在汤铭老师看来，孩子们就是那一株株需要阳光、雨露滋养和呵护的小花、小草。有些孩子，因受家庭成长环境的影响，而缺少了阳光雨露的滋润。但是，这并不影响他们开花和生长。"作为一名教师，热爱孩子是本分。"一句平实的话语，道出了汤铭老师内心的坚守。

"陌上花开，可缓缓归矣。"坚守每一朵花，每一株草，等待花开，慢慢地倾听，听花朵绽放的声音，这才是教育真正的归途。如何坚守？在汤老师看来，由衷地爱孩子，发自内心地悦纳童真和童趣，那么坚守也就成了自然而然的事。东莞阳光网的记者几次提出要采访汤铭老师，都被她婉言拒绝了。一是因为她的工作的确繁忙，无暇接待这些采访，更因为她始终觉得，那些在人们看来被称为"奉献"的举动，其实只不过是她作为一名教师每天都在做的事情罢了。如果要让汤老师把那些平时习以为常的关爱学生的事当作一个个典型的例子拿出来津津乐道，她实在做不到。在她心中，陪伴孩子们一起成长的点滴时光，这并非奉献，反而是师生一起向前走的共旅。汤老师这种视奉献为平凡点滴的精神，恰似那和煦的春风，抚摸着身边一株株幼小的"苗儿"们，唤醒着孩子们内心深处对于知识的渴求，和关于生命的真理的领悟。

一次，当一名家长因为孩子丢失了电子手表，而对学校当日的值日老师大加指责的时候，作为班主任的汤铭老师，并没有和家长进行过多纠葛，而是本能地想到这出"闹剧"可能给孩子带来的负面影响。孩子家长毫无根据的推测和指责，这种思维模式，是否会影响到孩子的思维和成长？生活中的一次经历，被汤老师自然而然地和教育进行了连接。尊重和爱，不是字面意义上的解读，更应该是生活细节的延伸。父母之教子，身教多过于言传。因而，汤老师和孩子进行了深度的交流，让孩子从这次事件去探究真相的意义，去发现人性的"真善美"。孩子回家后，把情况和家长进行了沟通，而家长后来也真诚地和那位老师道歉了，甚至后来还成为了班级家委的一名成员。教育的内涵，通过这样一个波折得到了延伸和拓展。教育，从学校对孩子的知识传授和品德育成，延伸到了对孩子家庭的教育。让习得就在与生活的连接中实现，让孩子身边的所有都成为和学习相关的事，我们还担心孩子不学习，担心他们不爱上学习吗？这样高维度且深层次的教育，怎样不令人震撼，为之动容？

"爱孩子，就要保护孩子对真、善、美的本能渴望。"当汤老师说出这句话时，我不由自主地想起了德国哲学家雅思贝尔斯的那句话："教育的本质是一棵树撼动另一棵树，是一朵云推动另一朵云，是一颗心灵唤醒另一颗心灵。"忙碌的都市生活如荒芜的杂草，充斥在我们的心间，遮掩了我们心中的爱心之花，掩盖了精神之花的绚烂之光。教师，是一份唤醒心灵的事业。作为老师，我们应该用自己心中的灯光，去擦亮孩子那双容易被世俗所蒙蔽的眼睛，还给孩子一个真诚的世界，才能还给世界一个真正的未来。

亲爱的老师，你是否如汤铭老师一样，听见了花开的声音？

我们常说：人的价值，正在于不断地奉献。而在汤铭老师看来，作为教师的价值，是在孩子们的面前，在平常的学习、生活中成为他们成长引领者。所以，老师们，试着停下奔忙的脚步，寻找爱的阳光，让尊重浸润于心，再将爱和尊重的种子种进与我们相伴成长的孩子们心中，化成他们心中的光。

知心姐姐，与爱同行

一缕缕清莲的香气，仍在鼻尖徜徉。"我觉得生本位的思想，是有它的局限性的。在我看来，教育的中心应该是人。老师也应该被考虑进去。师生在教育的生态里实现共同生长，这才应该是教育的本来模样。"汤铭老师的一席话，仿佛在鼻尖萦绕的莲香，瞬间驱散了教育的迷雾，揭示了教育的本色——人本位。

孩子在不断失败，不断习得后收获成功的丰盈；教师，也在教育的不断尝试和挑战中，铸就生命的丰厚底色。老师和学生，恰似双生花，是相互滋养下的共同成长！这样的观念，使得将学校德育管理和教学管理双肩挑的汤铭老师，成为了大家心中的知心姐姐。

将德育和教学融合，把生活经验灌注到知识层面去，在课程中去呈现德育的状态，这正是以人为本的教育观下进行的一次全新尝试。融合的观念，成就了松山湖第一小学的生态课程体系。在生态课程体系的浸润下，教师职业的幸福感在不断提升，学生快乐学习的体验感在不断加强。

松湖一小独具特色的生日课程，既是老师设计给孩子们的课程，也是学校为老师们设计的课程。无论是老师，还是孩子，在生日的当天，都能收到生日诗，这是一个表达"爱和尊重"的仪式，也是一次知识和情感的升华。

在一次次的课程推进中，教师的课程研发能力在历练中得以提升。2019年上半学年，结合岭南地域特点和虎门镇海战博物馆承载的文化因子，汤铭老师牵头学校教育教学研究中心开发、设计了海洋主题课程。这个项目将语文学科的"读海洋"，科学学科的"认识海洋生物"，美术学科的"我有一艘船",以及数学学科的计算、换算等学科知识串联,打破单学科深井,让学习在一个共同的情境下自然发生又相互关联。在实施过程中,原本未涉及的英语科组主动思考,在"船"和"桥"的单元整合了英语学科的语音及儿歌,给这个项目增添了更为饱满的学科元素。如果没有对孩子学习进程的密切关注,英语科组的老师又怎么能在课程推进的过程中自主融合进去,完善自我的成长呢?

汤铭老师说:"在松湖一小,每个人看到其他孩子不妥的行为,一定会去帮助他。在这个冷漠的,事不关己高高挂起的社会,这是多么美好的一件事。"互相成全,彼此成就,因为,我们始终把人放在中央!

"捧出一颗心来,不带半根草去。"陶行知先生的这句话,看似简单,却需要一颗赤子之心去表达。"最美教师"汤铭老师,则化作了教育丛林中的一棵橡树,她向阳而生,始终追寻明亮那方,在枝繁叶茂后终是开出了朵朵繁花,散发出袅袅清香,沁入了围绕在她周围人的心中。这棵会开花的树,用最朴实的身体力行,践行着陶行知先生的这句话。

做一个擦亮星星的人

　　有人说，老师是生命的摆渡人，载着一个个稚嫩的孩童驶向生命之河的彼岸。也有人说，老师是灵魂的工程师，唤醒了一个个生命内在的自我觉醒。2020 年的春天，在经历了生命中的一段重要旅程后，来自东莞市松山湖第一小学的郭瑞强老师却对教师这一职业有了更深切的体会——他愿意做一个用爱去擦亮星星的人。

　　"瑞强，园区隔离点因抗疫工作需要，急需翻译志愿者，正在向各单位招募。你愿意代表我校去吗？" 2020 年 4 月中旬的某个中午，在电话这头接到学校行政服务中心曹主任的询问时，正在高埗镇家中的郭瑞强老师毫不犹豫地答应了，他甚至没来得及想一想当前疫情局势多么严峻。

　　"新型冠状病毒"，人们从未听闻过的一种病毒，给全国人民的生活带来了阴影，生命之花在病毒的侵袭之下以不可预知的速度凋落，本该团圆、美好的春节生活充满阴霾。当收拾行李时，郭瑞强才意识到了害怕，他暗自发怵：万一自己被感染了怎么办？这时，他的脑海浮现出了新闻报道中在一线奋战的医护人员的面孔。这些一线的医护人员都不曾畏惧，甚至主动请缨，用大爱书写了一个个感人至深的故事。已经接下任务的自己，又怎能轻言退却？作为一名共产党员，内心的热血在不断翻涌，他告诉自己："不能后退，必须前进！"

如果说，是一腔热血让郭瑞强迈出了第一步，那么，作为共产党员的责任，作为教师的仁爱之心，则是他在后来的艰难工作中能坚持下去的重要支柱。

文案翻译工作千头万绪，远没有想象中那么简单。当微信工作群里下发翻译任务时，郭瑞强冲锋在前，第一个主动接下任务。关于国内"抗疫"政策的解读本就是一项复杂的工作，还要将这些政策逐一翻译，这不但要求专业，而且要求能让外籍来客乐于接受，真可谓难上加难！所幸的是，经过不断查阅资料，推敲文字，反复修改，一页页翻译出来的政策性文件终于完美地呈现出来。谁又知道，这一张张薄纸的背后是多少汗水的付出？

复杂的笔头翻译仅仅是其中一项工作罢了，接待引领的工作才是危险系数极高的一项！因为这项工作要求必须到现场和外籍来客面对面地接触。尽管翻译人员被要求和对方保持一段距离，但是，狡猾的病毒又怎会轻易放过任何一个机会？只要稍有不慎，就有可能触发感染的警戒线。面对外方对隔离政策的不理解，他一遍遍地解释，晓之以理，动之以情；面对外籍客人提供的不完整信息，他一次次主动联系、补充资料；面对隔离人员的吃、住等需求，他一个又一个地去协调……这一桩桩、一件件，在当时连大门都不敢出、居家生活的人们看来，这简直是想都不敢想的事！

那么，是什么促使郭瑞强做出如此大胆的举动呢？"爱，是人类惟一的救赎，它的力量，超越死亡。"著名作家三毛的这句话，给予了答案。

仁爱之心，是中国人自古以来就秉持的本心。孟子有云："生亦我所欲，所欲有甚于生者，故不为苟得也。"郭瑞强是这样理解的："生命是我想要的，但我想要的有比生命更重要的东西，所以我不去做苟且偷生的事。中学时学的这篇课文，我至今牢记。仁爱之心，正是我想要保留的本心。我相信，爱能助我一臂之力。"

是啊，疫情时期的天空被"新冠"病毒肆虐的阴霾所遮挡，正因为有成千上万像郭瑞强一样愿意擦亮星星的人，才能让全国人民重拾抗疫的信心，在这场没有硝烟的战争中取得绝对胜利，让星光闪耀的天空重现！

当回望这段经历时，郭瑞强老师感叹道："这段日子可以说是我在二十来岁的生命阶段中最为难忘的时光，我发现自己在不断蜕变，也把它视为一次成长的修行。我愿意一直做一个'擦亮星星的人'。"

附：郭瑞强老师因在抗疫工作中表现突出，获评"最美松湖人·战疫先锋"称号（2020年7月由东莞市松山湖精神文明建设委员会评选）。

看见，即照耀

一

落叶"簌簌"作响，已是十一月中旬，正值深秋时节，走在揭阳市榕城区卢前小学的校园里，张瑜老师的脑海中不由得浮现了唐代诗人刘禹锡的那句"自古逢秋悲寂寥"。此时，在慨叹时间如水般一去不返的同时，他也在思念着远在八百余公里之外的湛江老家的老母亲。

原本担任东莞市松山湖第一小学总务主任的张瑜老师在揭阳支教已经两月有余。前两天，他收到了老母亲的病危通知，可是因为工作繁忙，他未能第一时间前往。作为一个儿子，他时刻担心着老母亲的身体，恨不得立刻飞向老母亲的身边；作为此次松山湖驻揭阳支教工作组的组长，还承担了第一批莞揭教师工作坊坊主的工作，挂职了榕城区卢前小学的副校长，并身兼语文、心理、书法、劳动等多学科教学工作的他却又始终放不下手头千头万绪的工作。

阳光在树叶间的缝隙之间跳跃着，落进了张瑜老师的眼里。这是光，他看见了——如母亲的目光一般，灿烂而温暖，照暖了他原本有些悲凉的心窝。

一个孩子走近了他，抱住他问："张老师，您不开心吗？"这个敏感的孩子看出了他的内心，难怪人们常说"孩子就是天使"。他温和地笑了笑，摸了摸眼前这个孩子的头，说："没事，老师只是有一点点累，休息一下就好啦！"孩子说："张老师，您知道吗？您教我们的这段时间，我明白了学习的重要。以后，我一定要考上大学。这样，就可以像您一样，帮助更多的人。"这个孩子的一番话，如刚才的那抹阳光，再次温暖了张瑜老师。他看见了这个孩子，而这个孩子也看见了他。他们，在互相照耀。

"是呀！帮助更多的人。这不就是我这次支教的目的吗？"张瑜老师在内心思忖着。如果说，刚才他的心绪还处在矛盾之中的话，这个孩子的话则将他从纠结中拽了出来。他相信，母亲会理解自己的。

"等到周末，再回去看望她吧！"张瑜老师相信，一向坚强的母亲一定会等他的。

二

此次为期一年的支教，并非张瑜老师第一次支教。

早在二十三年前，还是一名在校大学生的他，就曾在暑期赴广东省雷州林业局进行支教，并获得了共青团广东省委员会、广东省学生联合会颁发的"'三下乡'社会实践活动先进个人"称号。参加工作后，张瑜老师也在2010年赴汕尾市捷胜镇五一小学支教，被广东省教育厅授予"广东省义务教育'千校万人'工作先进个人"称号。这些荣誉，都代表着张老师在支教工作中的突出表现，也彰显了他对工作高度的负责心。

单从莞揭张瑜教师工作坊的日常工作中，就可见一斑。工作坊中，一共招募了来自普宁市、惠来县、揭东区、揭西区、榕城区 10 所学校的 15 名教师成员。以莞揭帮扶的 3 所学校为成长共同体，在上级部门的关怀下，引进东莞爱心企业投入 28 万多元爱心基金共建了 2 个劳动实践基地，开展了 9 期研修活动，展示了 6 节公开课，邀请了 7 位名师做专题讲座（含课题申报与汇报专题），共有 209 人次参与了研修活动，还推出了 2 期《五育并举·劳动赋能》专题宣传视频，在重要期刊发表了论文 1 篇，研究的课题《基于生态视角的小学"劳动＋"育人实践研究》获广东教育学会推荐申报中国教育学会 2024 年度教育科研规划课题。这一系列的数据，投射出的是张老师夜以继日地工作的身影。

松山湖教育作为东莞市教育的"高地"，在珠三角地区乃至粤港澳大湾区都起到了重要的辐射作用。为了将松山湖先进的教育理念和举措带到揭阳，张老师背后的付出难以想象。"打通学科壁垒，搭建跨学科平台"这种全新的教育观念要落地到实际的教育工作中，对于揭阳当地的老师来说，并不容易。因此，张老师带领工作坊编制、印发了《榕城区陆联小学劳动教育课程》手册，对课程的具体实施进行解读，还带领老师们现场参观了课程建设的具体开展情况。张老师率先展示了一节课堂案例《种植小能手》，邀请了东莞市教育局劳动实践学科教研员陈碧瑜开展了题为《素养时代实践型课程的创新实践》的讲座，以促进劳动教育课堂教学的研讨，引领教师专业发展，提升教育教学质量，为学生的成长奠基，为教师的成长赋能。

看见了揭阳当地教育的现状，张老师就决心用身体力行去照耀，让这一片土地的教育也能如阳光般闪闪发亮。

三

工作上的压力与繁忙并没有让张老师失去身为人子的"赤子之心"。

周末，在安排好各项工作后，张老师就打车往高铁站，从潮汕到湛江，再回雷州老家照顾老母亲。

医生告诉他，以老母亲癌症晚期的身体状况，估计时日无多了。听到这句话的张老师，内心像被一根巨大的刺突然刺穿一般震颤着。

老话说，"百善孝为先"。张老师决定双肩一起挑，只要还有一天，他就要尽自己作为儿子最大的努力去照顾母亲。于是，从2023年11月中旬接到老母亲的病危通知书，到2024年4月23日老母亲病逝，张老师每个周末都在揭阳与湛江两地之间往返。来回1600多公里，这中间有无助，有痛苦，张老师时常深感力不从心。在身心俱疲之时，他不得不借助碎片时间冥想、听疗愈音乐来缓解内心的压力，减轻内心的哀愁。在这半年间，张老师的两鬓也染上了白霜。同事们见到他，都心疼地对他说："张老师，你要多多注意身体，好好照顾自己。"其间的艰难，怎能轻易想象？

最终，老母亲还是撒手人寰。张老师虽然感到痛心不已，但也为自己尽了最大的努力陪伴和照顾母亲而感到无憾了！

这段经历让张老师更加珍惜与家人相处的时光，也让他学会了如何在逆境中更好地去平衡工作和生活的天平。

午夜梦回，张老师还时常能梦见老母亲坐在身边慈爱地看着他。他想：这是母亲在冥冥中保护着他吧！

如今，虽然支教已经结束，但内心的余温仍让张老师常常回想起忙碌而充实的一年——在期末学习成果分享会后，在离开揭阳的那天，孩子们自发组织了一场简单却温情的欢送会,用稚嫩的童声唱着离别的歌,表达了对张老师的感激和不舍。张老师紧紧拥抱了每个孩子,告诉他们:"无论身在何处,我都会时刻想念你们,关注你们的成长。你们要记住,知识是改变命运的钥匙,希望你们可以继续勇敢地去追梦,做最好的自己。"这样双向奔赴的爱,让人不得不动容。

"在我们有生之年,即使失去了心爱的人,如果我们一日不死,那人就在我的记忆中永远共存;直到我们又走了,又会有其他爱我们的人,把我们保持在念中。"在看到作家三毛的这句话时,张老师想起了始终如光一般照耀着自己的母亲,也想起了那些纯真而善良的孩子们。他们都有着如阳光般温暖的眼眸,在未来的路上将一直指引着张老师继续前进。

看见,即照耀。张老师看见了他人,照耀着他人,而他人也看见了自始至终饱含热情和爱心的他。正因为此,张老师也获得了揭阳市教育局颁发的"优秀支教教师"和第一批优秀莞揭"教师工作坊坊主"的称号。而在张老师看来,这些荣誉并不是支教工作的终结,而是一场"以终为始"的更为长远的奔赴。张老师内心有着诸多的祝愿:祝福学校可以吸引和留住更多优秀人才,为孩子提供更好的教育!祝福孩子们可以收获更加美好的未来,实现梦想!

校长的幸福藏不住

　　东莞市松山湖第一小学，这所学校曾被美国"最美教师"雷夫先生誉为"像城堡一样的学校"。然而，它的美仅仅在于它充满生态美的校园环境吗？答案，需要我们一起向这所学校的大家长——蔡敏胜校长去探寻。

　　苏霍姆林斯基说："理想的教育是培养真正的人，让每一个从自己手里培养出来的人都能幸福地度过一生。"对这句话，蔡敏胜校长深以为然。作为一校之长，他对"幸福"二字有着自己的理解：在一所学校里，教师可以满足地工作，学生能够快乐地成长。

　　每天清晨，校园的大门还未开启，蔡敏胜就已经走在校园的廊道上。一草一木，一砖一瓦，皆入眼底，心中就会有一种令人满足的踏实感。看到校园里盛放的木棉花，说不出的美好油然而生，这感觉恰似东方升腾起的云霞填满了天空一般。对于蔡敏胜来说，能每天按时在校园里看四时花开，拥晨光满怀，这就是一种幸福。

　　谈到教师的幸福，蔡校长想起了日常校园工作中见到的那些印象深刻的情景。新学期开学第一天，各生态教室的主副班主任早早就来到班级，满怀笑颜欢迎孩子们的归来。各个教室虽然被闲置了一个暑假，但在开学前早已全部焕然一新。因为教师们提前一周返校工作，做好了清洁、打扫工作，贴上了象征着班级文化的标语和班徽。教室的黑板上也画着各式各样的板画，写着各种欢迎孩子们返校的句子。校园涂鸦墙前的长廊上，铺着红色的地毯，摆放着各班班主任用挂着气球的小黑板写下的开学寄语——

"看见光，追随光，成为光，发散光。"

"以梦为马，不负韶华。"

"若你决定灿烂，山无遮海无拦。"

……

因为教师的精心布置，教室内外都充满了仪式感。著名儿童文学作品《小王子》中关于仪式感有这样的解释："所谓的仪式，它就是使某一天与其他日子不同，使某一时刻与其他时刻不同。"这个看似平常的开学日，出于教师对孩子的尊重与爱，让一个个如精灵般的孩子在入校、进班的那一刻，有别于其他的时刻。那一刻，孩子的心里定是感到被重视的，在若干个日子以后的某一天想起来心里是热乎的。

某一位经过层层筛选被选入学校的新教师，在看到这一幕时，她心里曾经的疑惑解开了。暑期入职培训时，她看到了培训课件的背景上写着这样一句话："我们愿意奉献全世界的美好，让孩子在松湖一小呈现最美的样子！""奉献""全世界""美好""最美"……这些字眼，让她倍感压力。同时，她也疑惑着：如果孩子一直在校园里看到的都是美好的样子，在以后踏入社会面对各种不公、人性的丑恶一面时，是否会出现幻灭呢？那么多曾经的天之骄子，在进入大学学府后却不堪一击选择轻生，会不会就是因为曾经被保护得太好了？在开学日这天，她满含笑意地看着一年级怯生生的新同学走进校园，看着孩子因为眼前的布置而惊喜不已，牵着孩子的手走入新新的教室，孩子紧扣她的手，迫不及待地向她问这问那。她发现孩子初进校园时的陌生感迅速被抛诸脑后的这一刻，她明白了，正是因为孩子在童年时享受到了足够多的美好，他们才能在未来遭遇生活的玩笑时，怀想起曾经经历过的这些美好，而这些美好足以抵挡风雨的不断侵袭。想到这些，她释然了。而这一瞬间，她也感受到了前所未有的别样的幸福——原来，这就是作为教师的职业幸福感。那些看似烦琐的小事，让她发现是如此富有意义。

如果要让孩子说一说松湖一小最亮丽的名片是什么，松湖一小的学子脱口而出的一定有这两句：

"爱在松湖一小。"

"尊重，无处不在。"

是的，尊重和爱，就是东莞市松山湖第一小学最亮丽的名片。以"生态化课程"为抓手，从低年级教师对孩子无微不至的陪伴，到高年级教师对孩子给予充分的尊重，无时无处不体现着尊重和爱。

从建校之初，低年级教室管理就采用了创新性的包班制度——主副班的办公地就在教室里，无论上课，还是课间，都和孩子们朝夕相处，从晨光洒进教室、第一个孩子踏入教室的那一刻起，两位老师就可以关注到教室里每一个孩子的成长，因为教师的时刻陪伴，孩子们时刻感受着爱的滋养。

随着学校的不断发展，2020 年开始，学校的高年级学段采取了选课制和走班制，学生既可以选择自己喜欢的课程形式，也选择自己喜欢的授课教师，不仅仅在自然班进行学习，还可以走进自己喜欢的选课班。例如语文科的基础性课程，学生是在自然班级学习，而主题阅读课程，学生则可以根据选择自己喜爱的主题走进另外的主题班进行学习，同时，教师也会根据学生的学习要求、学习能力，进行阅读分层教学，设置不同层级的班级，学生选择自己可以接受的层级进行走班学习。同样的语文课，在高年级教室里，因为教师给予了孩子充分的尊重，将选择权交给了孩子，而让孩子发现了学习的真正乐趣所在。

今年的教师节到来之际，一如往年，蔡敏胜校长的办公室里多了许多孩子，这些孩子都是来给校长送亲手制作的贺卡的。蔡校长双手接过孩子们的贺卡，问："你们怎么想到给我送贺卡呢？"有孩子说道："校长也是教师啊，明天就是教师节了，我们也要送给您呀！"一位校长和一个孩子看似平常的对话，却已经道出了"尊重"的真谛。

作为校长的幸福，真是藏都藏不住。

周末生活，因文化而精彩

"老师，这个周末您有时间安排公益课吗？上次寒假，您在社区上的童诗课，孩子们很喜欢，家长反馈也很好。"某镇社区党群服务中心的社工叶工发来信息。我看了看安排，回复道："抱歉，叶工，这次的时间怕是不行，已经答应了东莞市少年儿童图书馆组织的线上红色打卡活动，要在线上和孩子们交流。"前几天，我前往市少图与工作人员讨论、定下了这次系列公益课程的内容，时间上有冲突，因此，只能拒绝这次来自石碣的再次邀请。

细想一下，从 2016 年至今，我先后在东莞市文化馆、东莞市少年儿童图书馆、万江图书馆、松山湖和石碣镇等各镇街党群服务中心开设了不少面向少儿的公益课程，其中涵盖了作文系列课程、童诗创作活动、绘本创作活动等。参加这些活动的少年儿童粗略估计不下 300 人。现场活动中，孩子们积极地参与，家长们作为旁听者也会加入到互动中来，这样的氛围让人快乐而满足。

作为一名注册在籍的志愿者，我积极参与各种文化公益活动，感受着"给予"带来的快乐。同时，我也在享受着作为一名东莞市民的"福利"。

还记得，在东莞市文化馆报名学习过的舞蹈班；也记得，在东城影剧院和先生一起看年末音乐会；更记得，在文化周末剧场看过的一场又一场音乐剧、钢琴表演等各种演出……

印象最深刻的，还是在玉兰大剧院看到了我心心念念多年的青春版昆曲《牡丹亭》。因爱好和专业的缘故，在阅读了十余遍戏剧大师汤显祖的《牡丹亭》原著后，我仍是意犹未尽。虽然曾经专门下载过白先勇先生策划、制作的青春版《牡丹亭》视频，但那种对现场体验的期待让我追慕不已，可惜，多年都未如愿在东莞看到。

今年8月中旬，在玉兰大剧院的公众号收到了推送信息：青春版昆曲《牡丹亭》（精华本）将在月底在剧院演出。激动的我当即就订了票，这可是我多年的期待啊！同时，我看到东莞广播电视台的主持人叶纯老师也在她的朋友圈发布了将要去观看的信息。

月底，演出亦如约而至。这个夜晚因为"临川梦"的到来，而变得充满诗意。在灿若星河的中国戏曲史中，成千上万部剧作如一颗颗明星此起彼伏地闪耀着属于它们独特的光芒，照耀着华夏文明的前进之路。这些光芒既得益于大师们独具匠心的创作，也承继了中华文明的深厚文化传统。一代戏剧大师汤显祖也因为他笔下的"至情"而蜚声海内外，经数百年而被今人追慕。

"情不知所起，一往而深，生者可以死，死可以生。"开车前往玉兰大剧院的路上，我一直播放着《惊梦》的选段。又有多少如我一般追慕着这"生生死死"的爱情。

有了以前看剧的经验，我提前半小时赶到了玉兰大剧院——还好，找到了停车位。按经验，每当有经典剧目上演时，就得把车停到对面的市民广场去了，由此，足见玉兰大剧院选择的这些剧目对东莞市民的吸引力。

　　剧院里座无虚席，身边的观众，有和我一般的年轻人，也有花甲之年的夫妇。一声落下，灯光暗下，幕布在乐声中缓缓抬起。汤显祖用如椽大笔精心描摹的画面，悉心讲述的故事，终于让我们身临其境地展现在眼前。且不说比国家大剧院还要优异的音响效果，也不说各个角度都能观看到舞台全貌的座位设计，单眼前这番景象，足以让我们得以在钢筋混凝土的现代建筑丛林中重拾那些已然逝去的"日之夕矣，羊牛下来"般的岁月静好，感受到"朝飞暮卷，云霞翠轩，雨丝风片，烟波画船"带来的美丽，体会到"一个娇羞满面，一个春意满怀，好似襄王神女会阳台"般的悸动……

　　来到玉兰大剧院，我们只管享受视听的盛宴，感受演出带来的艺术之美。玉兰大剧院是东莞最具标志性的文化建筑，由世界著名剧院设计师加拿大的卡洛斯·奥特建筑师提出总体方案，同济大学建筑设计研究院担任设计总包，各项配置都是国际先进、国内一流的水平。

　　这次青春版《牡丹亭》精华本的演出长达三个小时，尽管未能展现《牡丹亭》剧本的全貌，还是让现场的观众在痴醉中享受到了一场高端的昆曲艺术。三个小时间，除中场休息，无一人在表演中途离开。

　　观看玉兰大剧院的演出，只是东莞市民周末文化生活的冰山一角。印象中，有一次，得知莞城万科城市中心有一场电影首映会。我带着初来东莞的同事一起前往，和同事在电影院现场和主演、导演一起交流，结束后，同事赞叹道："没想到，东莞居然有这么好的活动，子玉老师，有空你要多带我参加啊！"

　　作为一名东莞市民，我喜爱东莞这座城市，不是因为她是享誉世界的"制造业名城"，而是因为我的生活，因文化而变得更加精彩！

就这样，老去

——献给祖母

一

她老了。

春节。在这样热闹的日子里，我却忽然记起了她，那个已经老了的她。在我们老家这个地方，人没了，不叫"去世"，而叫"老了"。多么委婉的说法。

她老了的那一年，我正值十四岁豆蔻之龄。那是我第一次近距离地感受死亡，也是我第一次因生命的逝去而恸哭。尽管那时的我已经是一名高中生，但在她老了之前，我对死亡的浅薄理解，远未及那一次亲身感受之深切。已经老了的她，相比她临老前所受的痛苦，她的面容是如此的——安详。

在我被时光的尘埃所掩映的隐隐约约的回忆里，她总是一副茕茕而立的倩影。正如在她离世的那个初夏时节，孤独地躺在凉竹席上的她仍旧是那样美好。七十六岁，在她这个年纪，我还从没见过如她这般美丽的女子。是的，至今，我都再没见过。虽然那个夏夜的星空十分绚烂，但是我们毫无欣赏之意，更多的是心系于她——这位命悬一线的老人。

星空越美丽，心里越哀伤。

我已经记不清，那时，她的头发到底是白的还是黑的，可是，那纵然被皱纹侵袭、已然皮肤松弛，却仍白皙的鹅蛋脸却十分清晰。她挽着秀髻，摇着蒲扇，颤颤巍巍地向我迎面走来的样子，总是会不期然地泛起在我记忆的海洋中。她常常着一身浅色衣衫，或淡青色、或浅蓝色，斜排着的盘扣总是规矩地一直紧扣到颈脖。这是一个典型的从民国时期走来的温婉女子，如她的性情一样，浅浅的，静静的，宛若《诗经·蒹葭》中那位在水边静坐的女子，"蒹葭苍苍，白露为霜，所谓伊人，在水一方……"多美！我难以想象，年轻时的她，该是怎样的花容月貌啊！时代的变迁与朝代的更迭，人事的改变与社会的动荡，却并未磨灭她恬静的心性。我无法想象，这样一个纤弱的女子，是如何隐忍地承受着丧夫之痛，熬过近半个世纪的苦痛？

她临走的时候，我就守在她的身边。我眼睁睁地看着她的手在我眼前持续不断地颤抖，却无能为力，心下一片惶恐。"脑溢血"，这三个字在我的脑海中肆虐地穿行、游走。我很早就听闻，这是一种能很快就夺走一个人性命的凶狠的病，却从未如此真切地感受到对它的恐惧。她正躺在那里，嘴角微微歪向一边，却并未如我后来在电视剧里看到的类似模样——歪着嘴一脸抑制不住的口水。她的半边身子已经瘫痪了，双手平放在上腹，右手却不停地打着"摆子"，节奏似有若无。我凝神地望着这只颤动的右手，似乎感觉到了黑白无常由远而近的有节奏的脚步声。我静静地守着，不敢言说一个字。

大人们已经守了她一天一夜，都累了，在屋外的大厅里，有的在窃窃地聊着，有的在打着瞌睡，有的在忙着准备后事……孩子们在外面玩耍。其实，那时的我也只是一个孩子。我尝试着握住她的手，想要让这颤抖停止——这样，她或许就能安稳地睡上一觉了。我多想告诉那神秘的脚步："不要再走过来了，我希望她留下来，你们不要带走她。"可是，那褶皱在老去的时光里的手，还是那样不受控制地颤抖着，丝毫不理会我的心愿。或许，这心愿，在有着神秘脚步的那个人看来，简直是一种妄想。她的双眼微微睁开，偶尔眨一眨，似乎很努力地想要对我说些什么，可是，她一个字都说不出来了。

被发现的时候，她已经不省人事。那天傍晚，堂弟放学回来，看见倒在床边的她，紧张地打了电话给他的父亲——也就是我的二伯。二伯迅速赶了回来，紧接着，整个家族的人先后被通知到了。她很快就被送到了医院，也很快被确诊。"脑溢血，救不了了。"医生一边摇头，一边质问，"你们不知道她有高血压的吗？"不知道！我们怎么会知道？她这样瘦削，看起来那般孱弱的人，怎么可能会有高血压？"谁告诉你们，只有胖子才有高血压的？""高血压，摔跤是致命的！""你们送来也太晚了。"医生的字字句句，震撼了我们每一个人。

太晚了——时间，是多么珍贵！我第一次明白：原来，从来人们被视为公平的时间，也是可以这样残酷的。我挽起堂姐、堂妹的手，拉着她们冲出大门，望着玄黑色的穹顶，对她们说："我们一起发个誓吧。我宁愿用十年的生命换取奶奶的一天，请让她多停留一天。"我跪在地上，默默许愿，不敢发出太大的声音，因为，我害怕会将流星吓得掉落下来。关于流星代表生命的那些传说，我们早就从老一辈人那里耳闻太多。那晚的我，从来都是企盼可以对着流星许愿的我，却如此地惧怕流星，我生怕看见它，担心那颗划破天际的流星会是祖母降落的魂灵。所幸，那晚，没有流星。多么庆幸。

然而，也仅仅是一天罢了。真的，只给了一天。时间老人竟如此吝嚯！我不知道，在"生死簿"上属于我的年限会不会少十年，可是，我记得异常清楚——时间老人只给了祖母一天。如果他果真划掉了我的十年寿命，那么，当多年后被黑白无常拉到轮回道的我，将会在声嘶力竭地大肆斥责时间的"狠毒"。

时间，却又是那样的公平。它不会对任何人多施舍一分一秒，墙上的时钟"滴答滴答"地划过，不留痕迹。人生，又有几人能在浮华尘世落下些值得后人念念不忘的回响？

我想：我的祖母，是留下了些许痕迹的。尽管，我对她所知甚少。作为即便是有所功绩遗留后世，也只能落名在非正式族谱（父亲说那是"草谱"）的女儿家，我更无权去翻阅、查找族谱里任何关于她的记载。据说，家族修谱时，因为三伯人在外地，堂妹要接过族里的人送到城里来的族谱时，曾被家族里的大长辈训斥过："女孩家不能接谱！"是的，即便她是未婚的独生女，也无权去接族谱。不过，我也料想得到，那族谱上即使有关于祖母的点滴记载，也定然不会超过三行。

二

所有关于祖母的叙事，我都是从父亲的口述中得来——

祖母是个平凡的女人，且不说在历史的洪流中，就算是在我们的宗祠里供养、落满了沉香气息的族谱上，她也是那样的微不足道。但是，我仍执拗地认为，她是值得书写的。因为，在我看来，她那平凡的一生，是同时代诸多女性的写照，是一代人或悲欢、或离合的缩影。所以，在沉寂了数年的默写后，在春节的热闹背后，我想写下我所知道的关于她的那些点滴。我并非史学家，只能用我作为一个写作者的或浪漫、或悲哀的心情去缅怀她。毕竟，她是我的亲祖母，时间的流觞也遮盖不住我偶然间对她的思念。

写到这里，我才发现，我连祖母的名字都不曾知晓。于是，我再一次问了父亲，原来，祖母叫王梅英。这是多么普通、平凡的名字啊！

王梅英被送到城里来时，还是个小姑娘。那时的她已经是个孤儿，从王家村来。我想象着曾祖母在看到这个水灵俊俏的小姑娘时满眼欢喜的眼神——在我模糊如泛黄的黑白胶片上斑点似的斑驳记忆中，曾祖母也是位慈爱的老人。我依稀记得，很小的时候，一次和父亲去这两个相依为命的寡母家时，曾祖母满眼慈祥地递给我一个月饼，这月饼被曾祖母用布包一层又一层地包住。那时距离中秋过去有多久，我已记不得了，但是，我现在的嗅觉仍能隐隐约约地捕捉到记忆残留下来的霉味。曾祖母舍不得吃这个月饼，将它一直珍藏，留给了她的曾孙女。然而，当我打开来看时，那块月饼已经发霉了。我背着她偷偷扔掉的时候，内心满是羞愧。

曾祖母定然是欢喜这个叫王梅英的小姑娘的，不然怎么会留下她来，做了自己独生子，也就是我的祖父的童养媳呢？曾祖母也是个寡母，曾祖父曾率军出征大战"长毛子"，从此一去不返，只留下了我祖父这个遗腹子。小姑娘王梅英很快就长成了娉婷少女的模样。这段成长岁月，我猜想：在王梅英的人生岁月中，这是一段难得的美好时光，那些快乐自然而然地沉淀在她的性情之中。不然，她不可能养成那样美好的性子，也不会成长得那般恬静且花容月貌。那段一起陪伴的日子，或许并不富足，但显然他们一家三口过得其乐融融。"郎骑竹马来，绕床弄青梅"，成长为少女的童养媳王梅英理所当然地嫁给了她的青梅竹马——我的祖父。

时间之书在不断地翻页中，转眼到了 1968 年，祖父已经和祖母有个七个儿女，我的父亲当时还不到四岁，是家中的老幺。正当壮年的祖父因不堪忍受屈辱，最终选择了自杀。如今，父亲已完全记不清祖父的模样了。

祖母活着的时候，她对有关祖父的很多记忆都非常清晰。我与她相处的时间虽然不长，却偶尔能听到她关于祖父的零星叙述。每当她回忆起那些岁月时，她嘴角泛着的都是如孩童般灿烂的笑——这是她在其他时候都没有过的。这对夫妻的感情是我至今听说过，且认为是最纯真而炽热的。虽然祖父早逝，但他们在一起相依相伴的时光却比一般夫妻要长得多。那时是按工分分口粮，大家的日子都不丰顺。祖母平时就靠帮人缝补衣物贴补家用，但是，孩子们一个个陆续降临，这着实让祖母犯了难。奶奶回忆，"细伢仔"（我父亲在家里的昵称）出生的时候，祖父无奈地摇头说了一句话："孩子，你何苦投胎来咱家呢？"那种辛酸，祖母是能体会的。看着祖父这般模样，她很是心疼，这份心疼在化成万般柔肠的同时，也让她下定决心要为这个男人更多地分担一些，为这个家庭多承担一份责任。于是，祖母偷偷去帮人洗衣服，给人当"奶娘"……祖父后来晓得了这事，搂着祖母，怔怔地红了眼圈。

可怜的祖母在失去这个从小陪伴自己的至亲后，毅然决然地选择了只身抚养儿女，并承担起赡养曾祖母的责任。孩子们要吃喝穿衣，还要读书。没办法，祖母只能"心头割肉"舍掉了两个年幼的女儿，送给了当年她被送出的村里的同姓人家。提及这些，祖母常常恨自己没用，尽管她这两个女儿现在生活也不错，尽管她一个女人养大剩下的五个儿女，并竭力赡养婆婆、婆媳和睦共处的故事，已经成为左邻右舍之间口耳相传的传奇。后来，经过多次审查，祖父的"罪名"终于被洗清，这桩冤屈之案最终得以平反。祖母领到相关部门人员送来的"抚慰金"时，什么都没有说，只是沉重地叹息着。所幸的是，后来，被送到乡下去的二姑妈和小姑妈也寻到了祖母，早已成家、生儿育女的她们也经常来看望祖母。

三

回想从曾祖母到祖母，这么长时间的历史风云，我不禁感慨，曾祖母所经历的漫长岁月，她那富有韧性的生命力，定然是影响到了我那看似柔弱，实则坚毅果敢的祖母。想到她们，在经历人生中看似莫大的苦痛时，我便有了在自己的人生路上继续前行的动力。我所经历的，比起她们来说，实在是"小巫见大巫"，她们所经历的哪一桩、哪一件大事不是在推动着历史的车轮滚滚前进？而历史的前进，离不开像她们那样的一代又一代人的付出、隐忍和艰辛。

后来，姑妈们也有了孙辈，家族里四世同堂。每当节假日，家人团聚时分，甚是热闹、温馨。祖母的身体却一日不如一日。自从祖父含冤离世，祖母便信了佛，她恪守佛教律例。我读小学时，父母因工作忙不开把我寄放在祖母身边一小段日子。我正是长身体的年纪，却又爱挑食。一向吃素的祖母，便想着法子地给我做好吃的。然而，她从不杀生，市场上买回来的猪肉，做好后她也从来不吃，都是给我一人独享。吃完饭，她会到家中的佛案前，虔诚地诵经、做回向。坚持了三四十年的吃素习惯，她居然会有高血压，这也是家人们从医生口中听到这个消息时震惊不已的原因所在。

祖母在世的最后那两三年，提起祖父的次数越来越多。看着后辈们，享受着儿孙绕膝的天伦之乐的祖母，会对坐在跟前的我说："要是你祖父还在世上多好啊！可怜，他走的时候，你爸也才那么点大，可能是我享尽了他的寿数吧。"父亲在身旁听到，宽慰她说："妈，还提那些事干吗？儿孙们都盼着你活到80岁、90岁、100岁呢！"谁知，父亲话音还未落，祖母已落下泪来，说："我最近常常梦见他，你爸说他要投胎去了，我真想再见见他啊！"于是，一向坚强的父亲也红了眼圈。我一时也无语凝噎。听了这些话的亲人也都陷落了一种绵绵无期的回想中。

"在我们有生之年，即使失去了心爱的人，如果我们一日不死，那人就在我们的记忆中永远共存；直到我们又走了，又会有其他爱我们的人，把我们保持在怀念中。"今天，在这样热闹的日子里，我想起了三毛的这段话，也想起了我的祖母，还有她的有生之年。她那常年温婉、安静的神情浮现在我的眼前，说话时独有的语调也长久地萦绕在我的耳畔。此爱，经年，已沉淀在祖母的灵魂深处。

我用单薄的文字去一路回望祖母走过的路，心下却十分清楚，这短短的篇幅其实哪里能负载得了那一个个沉重的日子？但是，回溯过后，再想起多年前她离世时的情景，我似乎不再那么耿耿于怀了。因为，我知道，祖母的内心是丰盈的，那近半个世纪的苦痛，于她的人生而言，也是一种财富——留给后人去缅怀的财富。祖母离世的这些年，我还会断断续续地想起她，有时是在梦里，有时是像现在这样，莫名地记起。

古人曾说，人活一世，当追求"立功、立德、立言"三不朽。以读书人自诩的我曾经深以为然。现在，我却发现，能留下些许故事，让自己的后人去深情追忆和书写，留下些许让后人认为值得学习的做法，未尝不是一种不朽。很多人活了一辈子，却没法为自己的人生讲述一段精彩的故事。而后人，更无从评说，甚至是羞于启齿。比如秦桧，比如严嵩，比如汪精卫，他们的后人，又该如何评说？

祖母就这样在深夜的露水中，随着我的笔端而渐渐老去，时光会泛黄，记忆会依稀，但是她留在我心中的缱绻深情，那血浓于水的亲情，不会因时光的老去而远离。我心里一直记得她，即使我的记忆里只有她老去的模样。

那树，那人

老家院子的角落里，有一棵高大、挺拔的菠萝蜜树。每当看到这棵树，我就会想起家里曾经的顶梁柱——我的家公。不仅仅因为这棵树是家公年轻时候种下的，还因为家公遗留下来的精神及家风，犹如这棵高大的树一般，长留在这个院子里，更留存在我们心间。

公历 2023 年的年初，家公肺部感染，尽管医生全力抢救，还是无力回天。白肺的扩散虽然被我们急购到的辉瑞特效药给控制住了，但家公原本就有基础病的身体已经被攻击得脆弱不堪，尤其是做过搭桥手术的肾脏已经完全丧失了器官功能。最终，在确诊白肺住进 ICU，持续抢救了整整一周后，家公在农历春节前离世，享年 74 岁。

我们担心家婆一个人在老家过年觉得孤单，于是调整了假期，计划陪家婆在茂名老家的房子里过年。我正值寒假，随时可以回去。对我家那口子来说，调整假期并不容易。往年他都是过完年之后才休探亲假回去探望父母。我先生常年在部队基层带兵，后来调去机关，又要统筹一个部门的工作，越是假期，他们的工作越是忙碌。即使在休假期间，遇到有特殊任务，他也是说走就要走的。还记得，我俩尚在恋爱初期时，有一次，我们正坐在一起吃饭，他接到一个首长的电话后，连饭都没吃完就匆匆离开了。更不记得有多少次，本来跟他约好的事情，却因为他的临时任务而变了卦。我曾经跟先生认真计算过我们结婚头几年真正在一起的时间，一年下来，两个月都没有。终于，在先生安排好各项工作后，大年三十当天晚上，他和我踏上了回粤西的路程。好在这么迟才回乡的人很少，我们顺利地在当晚回到老家。

我对家公的了解不多，不过，因为他也是一名人民教师，职业上的关系，家公和我还是能聊得到一些共同话题的。有一年寒假，父亲随我一起去看望家公、家婆。因年轻时候都曾当过兵，家公更是可以拉着父亲从早聊到晚。我想：我家先生的健谈，应该是遗传了家公的。

在我们这个家庭里，家公应该就是参天大树般的存在。家婆这一辈子都没有工作过，年轻时候的家公身兼数职——每天，天还没亮就要起来做饭，先去田地里劳作，快到上班的点了，就赶去学校上课，中午又要回家做饭，下午再去上课，晚上回来又要做饭，还要辅导子女们的学习，夜间还去湖里头捉鱼。听我先生说，家公还兼职做过村里的文书、会计，年例的时候，村里头还会请家公去帮忙做年例菜。就算这样忙碌，家公在工作上也从来没有落下过，一直就是先进教师。我先生不无骄傲地对我说，家公是镇上唯一的获得过"全国模范教师"的老师。站在家婆的立场来看，家公简直就是个"全能老公"。

在老家时，先生翻出过家公存放着的一些旧物，里面有家公在先生刚当兵那几年给他写的家书。那是一个黄昏，夕阳的光线透过窗棂洒进屋里。我们坐在沙发上，先生坐在我身边，他念、我听。家书里，家公除了对先生说说家里的近况，字字句句都是叫他不要担心家里，要在部队里努力、上进，既然选择了从军，就要尽力报效祖国。坐在我面前的这个钢铁男儿读着读着，就暗暗地落下泪来，他在怀念自己的父亲。我想：先生后来得以入党、考上军校，从一名士兵成为一名军校生，再成长为一名指挥类军官，带过的队伍多次获得先进，他个人也出色地完成过各种突发任务，立过数个三等功，救过数十条性命。这些应该都得益于他那作为教师的父亲的教育。不仅我先生如此，他大哥也从部队转业后去了当地的市委组织部，家里的姐姐也做了老师。除了把子女教育得好，家公的学生也都受过他的精神的感召。附近几个村子的年轻人几乎都曾经是家公的学生，隔壁村子有一位在深圳创业的成功的青年企业家，作为乡贤，他经常为镇里捐助物资、做慈善。我想，这位企业家应该多少都受到了他的老师的影响。

大年初一，新年的钟声敲响。推开窗，望着在院落角落里的那棵菠萝蜜树，我想起了我的家公——老人家离开的时候，医院的窗外有只白鹤飞过，第二天，又有只白鹤从家门口飞过。这也许是冥冥中老人给予我们的安慰吧！愿驾鹤西去的老人在另外一个世界不再受病痛之苦。

那树，那人……

青年一代：将龙舟传统文化发扬光大

黄智冬，来自东莞市万江社区黄屋基村的一个 00 后普通大学生，却有着让人意外的爱好——他不爱玩电竞，也不喜欢手游，更不愿意去泡酒吧，所有的业余时间，他都用来寻找老师傅，拜师，学习制作传统龙舟的手艺。

这个刚刚才过完 19 岁生日的男孩，与人聊起和龙舟有关的事情，可谓如数家珍。黄智冬能详细地向人介绍传统龙舟、半传统龙舟、现代龙舟和龙艇等多种龙舟样式的区别，在谈到"龙船礼俗"时头头是道，聊起"扒龙船"的快乐时更是满脸的享受……让人意外的是，正在读大学的他学习的是智能汽车类的专业，这么现代化的专业，和他的爱好简直是背道而驰。暑假期间，黄智冬还专门跑到龙舟建造厂去实习，给厂里的老师傅们打下手。朋友都跟他开起了玩笑："要是大学里面现在有龙舟制造专业，你是不是就要跑去学这个专业了？"这让人不由得好奇，这个男孩是在一个怎样的家庭长大，为什么一个出生于 21 世纪的男孩会对那么久远的传统手工艺如此感兴趣？

走进黄智冬的家，你会被大大小小的各种龙舟手工艺制品所吸引。这栋典型的东莞民居，从楼下招待客人的客厅到上楼的扶梯上，一直到黄智冬的卧室，或摆放或挂放着大大小小的龙舟、龙头和周边模型。这些模型，全部都出自于黄智冬之手。黄智冬还有自己的一间专属工作室，用来完成客户向他定制的模型作品。对黄智冬的这个和普通男孩不一样的爱好，家人始终都持开放性的态度。他的母亲用质朴的话语说道："只要不影响学习，孩子喜欢，我们就支持，这孩子一直也挺听话的。"

值得一提的是，黄智冬的父亲是万江社区龙舟队的鼓手。从黄智冬父子身上，我们欣喜地看见了龙舟文化在父子两代人之间自然的传承。黄智冬笑着说："我应该是还没学会走路的时候，就被爸爸抱在怀里一起去看龙舟赛了吧！"这句玩笑似的话，让我们理解了这个大男孩如此痴迷于龙舟传统工艺的原因。

在黄智冬的印象里，万江社区在参加龙舟比赛之前，会在内部预先举办龙艇比赛进行人员选拔。龙艇也是木舟，但长度比龙舟短一半，人数自然也少，只能容纳 12 人。龙艇赛是一种马拉松式的比赛，意在考察运动员的体力，这是为选拔参加龙舟比赛的队员做储备。万江社区有十条龙艇，对应的就是社区下属的十个自然村。不过，相比来说，黄智冬更喜爱的还是传统龙舟。

实际上，黄智冬并不是万江本土龙舟文化年轻爱好者的个例。在万江街道的共联社区，有一个名叫古炳扬的 00 后，也是自小就深受龙舟传统文化的影响。他比黄智冬小一岁，二人因热爱龙舟文化而在一个交流群结识。相熟之后，他们经常会相约一起去看龙舟比赛。

和黄智冬儿时的经历类似，古炳扬从记事起，就被父亲带着去看龙舟比赛，站在岸边为父亲所在的社区龙舟队加油鼓劲。共联社区有着深厚的龙舟文化基础，从社区领导班子到社区村民，无一不津津乐道于龙舟。古炳扬的爸爸还是共联社区龙舟队的头桡，很明显，古炳扬也是一个被父辈们感染的年轻人。

16岁那年，古炳扬也参加过社区龙舟队的几次训练，虽然没有正式参加过比赛，但是在参与训练的过程中，他明显感受到在龙舟队有一种无形的、团结向上的力量在感染、影响着自己。尽管训练时又苦又累，但队员们从来没有抱怨过一句，大家都在朝着冠军这个共同的目标而努力，也正是在这一年，共联社区龙舟队获得了"双料"冠军的佳绩。古炳扬说，如果社区龙舟队还有集训活动，他还会去参加，直到自己成长为一名合格的龙舟队员。和黄智冬一样，他能很准确地说出各种龙舟在工艺制作上的区别，也爱好制作龙舟模型，两个年轻人还会互相给对方提出中肯的建议。

这两位00后男孩因为共同的文化爱好而结识了来自水蛇涌社区的阿鑫。如果说以前面两位年轻人为代表的00后龙舟文化爱好者偏向于对龙舟传统工艺的喜爱的话，阿鑫则代表的是90后一代人对龙舟文化的怀恋心态。阿鑫已经大学毕业参加工作好几年了。在他的脑海中，至今还能清晰地回忆起小时候口袋里装满荔枝，跑去江边，一边吃荔枝，一边看龙舟的情景。在他看来，童年的这段经历，仿佛一粒种子，在心中扎下了深根，不管未来他会走得多远，和龙舟有关的这些经历都会在端午前后重回记忆的轮廓。这些记忆已经融入骨血，成为了一种独特的感情。他相信，不仅仅是他一个人有这种感受。龙舟节来临之际，兄弟村之间会互相走访、学习，甚至会一起进行训练，有的世仇村也会因为龙舟而恢复往来，提前约定好，带上礼物互相探望——这就是龙舟文化的魅力！可惜的是，随着时代的推移，有些传统也渐渐在消失。阿鑫还记得老辈人所讲述的出嫁女"犒标"的故事。那时候，村村都有自己的渡口。龙舟节时，村里的出嫁女就会坐船回门犒标，带着竹竿、举着旗子，到岸边去招龙舟回来，以求沾得福气，还会把带来的东西放在船上，以回报娘家村子，表达感恩之意。然而，随着万江越来越多河涌被填坑，这种习俗也就逐渐消失了。从阿鑫讲述的这个习俗，我们不难窥见，这个90后年轻人之所以会如此热爱龙舟传统文化，更多的是与之承载的"人情味"有关，这一份"人情味"，我们可以称之为"乡情"。值得一提的是，阿鑫是一名电视台工作人员，他正在用摄像机记载着自己想要保存的与龙舟文化相关的影像。

东莞市万江社区的这几位后生仔，在用属于自己的方式守候着这一方土地上的文化之根。相信，他们也会用自己的方式将龙舟文化继续传承下去。而他们，不仅仅只是他们——据这几个后生仔介绍，在一个龙舟文化论坛上，还有很多爱好龙舟的年轻人会"云端"相聚，互相交流。大家在这里一起用文字、图片记录着东江水上的龙船百态，把这里作为传播龙舟文化的前沿阵地。他们的口号是——团结、拼搏、友谊、奋进，这不正是对龙舟文化的最好诠释吗？

第三辑

哲思生命

水·城市·心境

　　暮霭沉下之际。莞城，文化广场，音乐喷泉。水柱，忽而整齐地排列着，忽而参差上下，转眼，池中央一根巨大的水柱在倏忽之间直冲而上，仿佛要直指云霄，然而，水，终因她的柔情，蜿蜒迂回，落进池中。直到音乐与喷泉皆至休止，我都坚持静静地看着、听着，看这水由动转静，听这水从急促的呼吸转为恒久的静默。

　　人群渐渐散去。宁静的池心，有人往中间投了颗石子，顿时，成圈的涟漪由小变大，泛滥开来，荡向池的周围。这便是水，动静皆宜，既能动若脱兔，又可静若处子。

　　我也转了身，往运河走去。运河边，有情侣散步，有祖孙闲逛，也有我这般的人静静欣赏。河水幽深，将所有心事藏匿，只留给你我轻盈的体态。流动的水，宛如活泼少女，在月光下眨着清澈的眸子。静月若此，其洒下的流离的光，却在缓缓流动的水里，幻化成飘拂的霓裳羽衣，心也跟着轻扬起来。岸边旺盛生长着的大树上，蝉声此起彼伏，声音在空气中流动。面前是流动的水，身后是鼓噪的蝉鸣，一前一后形成鲜明的对比。河水流动如斯，带来的是心的宁静；蝉鸣鼓噪若此，搅动着不耐烦的心湖。突然之间，觉得自己就处在心情的此岸和彼岸之间。不远处的桥，凌驾在圆月碧波之上，运河仍是缓缓地流着，不紧不慢，不急不躁。

懂命理的人说，一个人若是水命，四处皆宜。若懂得水的品性，便能理解，这话其实不无道理。我尚年幼时，母亲便请算命师给我算命。母亲告诉我，算命师说，这妮子五行木命，宜长水边，命里离不开水。庆幸的是，命中不缺水，生来我便有幸长在水边，而逐渐成长的我也逐渐相信，的确，水是我身体和心灵的依托。故乡的那条河，于我而言，是放置心情的好去处。中学时，学习压力甚大，我便常常在河边漫步，大河中央的临川文塔，总能引起我对古人贤士的无限景仰，文风盛行的故乡，"一门三进士"的典故，给了我无比的动力，看逝水如斯，再大的压力也随着河水流走了。离开故乡就读的大学亦是在美丽沉静的瑶湖湾畔，在那里，我近乎贪婪地感受着知识的浸染和沉淀的书香。毕业后，工作单位离西湖更是近在咫尺，尽管应了在东莞的父母的要求，我来到了这里，但那半年的光景，却成了我永远难以忘却的美好。那段日子，下班后，常和同事在西湖边的望湖楼、两岸咖啡，南山路的玲珑小镇，或品茗、喝咖啡，或品尝特色菜；漫步断桥、苏堤、白堤之上，能听到不远处丝竹之声传递而来的越调，那是戏曲票友们茶余饭后聚在一起唱越剧；因中国美术学院也在附近，时常还能看到美院的学生给路过的情侣画像的身影；看夏日荷花铺满西湖在清风中摇曳的美景……那时的生活是惬意烂漫的，无怪乎杭州始终是国人心目中"最具幸福感的城市"。入莞后的工作在一个小镇，连绵起伏的青山环绕着小镇，带给我的是莫名的压抑，幸得有友情、爱情的陪伴，才勉强坚持，然而，最终，我还是选择了逃离，逃离这无水之地。一个无水的地方，于我而言，着实是可怕的梦魇。

如此想来，老子所云："上善若水，水善利万物而不争。"的确道出了水的本质。水以其独有的柔性恩泽万物，滋育亟待生长的花草树木，浸润人们已然干涸的心田。且看这运河，动静兼具，在这古老的莞城流淌了千年，仍是这般安静地抚慰着疲惫了一天的人们。不远的西城楼，则像一个安静的圣哲，与运河遥相对望。如果说西城楼是用他的宁静审视这座城白天骚动不安的表象，那么，运河则是用她的宁静反观这座城夜晚沉静美好的复归。骚动了一天的城市，因为有了这水，终于停止了律动的脚步，在静寂的夜里享受月光和水的洗礼，以便以全新的姿态迎接翌日的朝阳。

城市尚且知道要适时地停下来，城中的人，则更应该放下逐利的心，尝试让自己全身心的放松，尝试着像这水一般，无欲无求，随遇而安。如此这般，很多不可解的枷锁反而豁然解开了。若能经过运河，不妨停下匆忙的脚步，听一听运河的声音。听，这清冷冷的流水声，如同母亲在你感到疲惫时，将你拥入怀中的耳语。这耳语缓缓进入你犹如胎体倒挂的双耳，告诉你，莫急，莫急。

是啊，莫急，莫急。不必急匆匆地追求绚烂与光芒，正如烟花，再美丽、再绚烂，终会消逝殆尽，留下的只是一个个燃尽火力后的残骸。岁月本就匆匆，人生短短几十年，何苦让自己疲惫不堪，何苦要过早透支？适当调整步伐，寻求心境的和谐吧！人生之路上的诸多风景，总要选择适时地去看。春花秋月，夏雨冬雪，总是合乎自然的。人生亦复如是，所以，要懂得适当的时机，恰逢当时，毋须匆忙。好比财富，用身体的透支来换取，是再愚蠢不过的事了。

不妨向水学习，向生活的这座城学习，适当的放下，适当的选择，我们得到的，将远比现在要更多。因为，我们不是人生的过客，而是，生命的主角。

家园何处

"归去来兮！"陶渊明的一声清啸，引得百鸟群起、林泉激荡、岩穴来风，千百年后的今天，仍令人追慕不已。

古人也许可以买田数亩、买泉一眼，在"木欣欣以向荣，泉涓涓而始流"的毫无沾染的山林间隐居，放归自己的心灵，但在今日，在这个熙来攘往、嘈杂拥挤的世界，人，就像那水上的浮萍，不知要漂向何方。然而，人的高贵之处，正在于能孜孜以求，在扰人的现实世界中为自己动荡不安的心灵寻求皈依的家园。

可是，家园何处？这个问题，让我想起了一本书的名字——《生活在别处》。"生活在别处"，这句话是19世纪的法国天才诗人兰波刻在巴黎大学墙壁上的诗句，它是兰波用一生的时间去为之努力争取的梦想，米兰·昆德拉以其为书名，令之为世人熟悉。这是一个美丽的、充满生命活力的句子，令所有想到它的现代人都希望把其变为理想的现实生活。

我以为，人生的极致是哲理和诗情。然而，在很多人看来，哲理太过枯燥，诗情又流于虚浮，均不是适合心灵的安居之所。其实，哲理也可以鲜活，诗情也可以如哲理一般深刻。从内在的角度来看，它们是一而二、二而一的生存体验，是一株长青的生命之树：哲理是诗情之根，诗情是哲理之花；没有哲理底蕴的诗情是无根的浮萍，开不出诗情之花的哲理诗一条僵死的枯根。人生的极境，也许就在于领悟玄之又玄的哲理时，所得到的那种审美的感受。

然而，当我们在钢筋与水泥的丛林里，计算着理想与现实的距离之时，"人，应该诗意地栖居"，也就成了无奈的哀号和不可企及的憧憬。也许，诗意本来就不为我们这个时代而存在，但对诗意生存的追求，却是人性中不曾泯灭的一面，也是人性中至善至美的一面。

且翻开书卷静读一番吧！看，"日之夕矣，养牛下来"，这日暮人归的图景，为什么在数千年后仍可以打动后人的心？今日读来，竟使人在沉醉中挟有微许的心痛？因为，那原本不是梦幻。此情此景，在古人那里原本是极普通的，它是一种真实的存在，是一种文化原型。同时，也是今人对远古的诗意生活的向往，是对失去精神家园的追忆，是再也回不到故乡的永恒伤感。

时间铸就的历史不是一位慈善的老人，而是放逐着一代又一代的生灵，让他们去建造属于自己的家园。而我们这些遭受放逐的人，注定要在"对美好的祭奠"中艰难前行。看，古人留下的箴言："天下分久必合，合久必分。"人类文明就在这样的回环往复中得以提升，这告诉我们：在回归中超越，是我们永远改变不了的历史使命。

那么，尝试着破除灵魂的栅栏，放下执念，置身于"无为"之境，去品读古人的文字，感受古人的心境，这样，才能使自我呈现出人类最初的天然的状态，那久违的诗情才会从古人撰写的历史深处走进现实的心灵，我们才能感受到那缈不可及而又念兹在兹的精神家园！

广东人爱饮茶，早茶、午茶、夜茶，一天三道茶常有。罗马有句谚语：When in Rome, do as Romans do . 意即入乡随俗。出嫁到广东，我也"入乡随俗"，养成了饮茶的习惯。渐渐地，有了一些愚悟。

人们常说，品茶如品人生。

在云南大理旅游时，在洱海的游船上，我曾品尝到白族的三道茶。第一道，是在火塘上用小陶罐将"沱茶"烧烤至黄而不焦，冲入滚烫开水制成的纯烤茶，名"苦茶"；第二道，是加入核桃仁、乳扇和红糖，冲进清淡的"感通茶"而成的，名"甜茶"；第三道，则用蜂蜜加上少许花椒、桂皮、姜，冲"苍山雪绿茶"煎制而成，名"回味茶"。这声名远扬的、用以待客交友的"三道茶"，据说，是白族人关于人生的总结。

品尝三道茶时，我攸然想起三毛在一篇文章中曾写道——沙漠里的阿拉伯人饮茶必饮三道：第一道苦若生命，第二道甜似爱情，第三道淡如微风。

如此看来，中外对茶的品悟颇为相通——都领悟到人生就是苦尽甘来，细细品味的过程。

人生之旅，举步维艰，青少年时因懵懂无知，屡遭挫折，处处碰壁，创业之始，更是苦不堪言；中年时困苦的煎熬成为生命的阳光，失败的痛苦成为生命的雨露，奋斗时埋下的种子终于在阳光雨露下成长，结下硕果；晚年到来，已是过尽千帆，心也变得清明，宠辱不惊，得失看淡，只在清风中遥想当年往事，怡然一笑。不正如这三道茶：苦境——甘境——回味之境。我自问，这是否可谓人生的"三重门"？

王国维在《人间词话》提出的"人生三境界"给了我肯定的答案。"昨日西风凋碧树，独上高楼，望断天涯路"，独自登高，路途漫漫，寒冷的西风中，看树叶凋谢零落，一种莫名的挫折感、孤独感油然而生，前路仿佛阻隔于此；"衣带渐宽终不悔，为伊消得人憔悴"，尽管"衣带渐宽""人憔悴"，却"终不悔"，只因品尝到的甘甜令人沉醉不已，所以坚持走下去；"众里寻他千百度。蓦然回首，那人却在，灯火阑珊处"，往事在风中摇曳生姿，无论是失败和成功，都化作漫长的人生旅程中璀璨的记忆。

这样寻思着，失意者自不必为挫折而沮丧，得意者也不需因成功而自傲。再多煎熬，再多辉煌，终归于平实。就好像烟花，先得受火点燃，才能释放出绚烂的美，最后也不免于消失，只剩下那残骸作为曾经煎熬过、绚丽过的证明。

人生之路，不外乎这"三重门"。茶意，亦复如是。

其实，不仅俗世人生如此，佛门禅宗亦有三重境界：看山是山，看水是水；看山不是山，看水不是水；看山还是山，看水还是水。只是，若再深思下去，怕是三天三夜也讲不完了。

彩票行业在这座城市一直是方兴未艾，很多人都是忠实的彩民。有些彩民甚至成立了俱乐部，交流购买彩票的心得，以至于彩民们见面时相互的问候语都变成了："你今天买了吗？"

这两年，小姨和我妈也相继迷恋上了买彩票，彩票自然成了两姊妹聊天的重要话题之一。今年春节前夕，小姨把正在老家读五年级的小表妹接到东莞，一家人留莞过年。

这天，小姨一家三口来我家拜年。我妈跟小姨自然聊起了她们必不可少的话题。我坐在沙发边看书，耳畔不时传来两人关于彩票的言论。"姐，今天你买了没？""还没呢！在考虑买哪几个号。""我也没买，我听同事说，这期特等奖很可能出双号。""哦？你看报纸了吗？我看报纸上说是单号啊？""我还没来得及看呢，赶紧的，快拿报纸来看看。"……

就在两人兴致勃勃地交流时，小表妹来到我身边，眨巴着清水般纯净的大眼睛，看我在书上用红笔划上的一句话——上天对待每一个人都是很公平的，他为你关上了一扇门，就一定会为你再开一扇窗。她指着这行字，问："大表姐，这句话是什么意思啊？你为什么要给它划上红线啊？"我笑了笑，用手指点了点她秀气的小鼻子说："我说了，你也不一定懂啊！"她撒娇道："姐姐，你不是老师吗？既然你是老师，你就要耐心地解释给我听啊。你以前向我解释'师者，传道授业解惑者也'，我都懂了，'解惑'可是老师的本分哦。我现在有疑惑了，你一定要解释给我听，我能听懂的。"没想到，这鬼精灵居然拿韩愈的话来压我。我只能解释："这句话是讲，在这个世界上，人人都是平等的，老天爷对待每个人都很公平，他在这里少给了你一点，肯定会在别的地方多给你一点，比如有些人长得不是很漂亮，但是他的脑袋瓜就非常聪明。所以，我们不要总是抱怨命运不公平，应该学会从生活的点滴中去发现幸福，经常想想自己的生命中已经拥有什么，而不是缺少什么。这样我们才能过得开心、快乐。"

我解释完了。小表妹郑重地点头说："哦，原来是这样啊。"然而，随即，她皱起了眉头，问我："那为什么我妈妈和姨妈都要去买彩票呢？"小孩子的思维真是跳跃，我一时没明白这话和买彩票有什么关系。见我一脸疑惑，她又问："就拿我妈妈来说，她已经很幸福了，干吗要买彩票？"我便问她："买彩票，万一中了大奖，不是会更加幸福吗？"她却使劲地摇头，坚决道："别人我不知道，但我觉得妈妈不可能中大奖的！""为什么？"我更诧异了。

"你看啊，妈妈有一个爱她关心她的爸爸，有我这样一个聪明乖巧的女儿，还有那么疼她的外公外婆，还有姨妈、大舅、二舅，我们家也不缺钱用，她不是很幸福了吗？老天爷给了她这么多，她还会再中奖吗？我觉得不会。万一她中了大奖，那老天爷会不会把我们家的幸福收回去一些？"

听到这里，我哑口无言。因为，我突然想到了去年得了癌症的小舅。为了给家人创造更幸福的生活，小舅选择了在深圳创业，奔波劳累了整整五年。虽然赚到了不少钱，在深圳买了房，一家人也得以团聚，可是，小舅的身体也在不知不觉中拖垮了。去年春节，他不幸被确诊患上了结肠癌晚期，这个噩耗对于全家人来说无异于一记闷雷。谁能料到，他还不到四十岁的年纪，看起来也是那么精神，竟遭遇这般厄运。——上帝真的是公平的，他赐给你一种幸福，一定也会从你身上抽走另一种幸福。

与此同时，小姨和我妈都停止了关于买彩票的讨论，看向了我和表妹这边。半晌，小姨上前抱住佳佳，说："佳佳，好孩子，妈妈不买彩票了。没想到，妈妈买彩票居然让你感到这么不安。""真的吗？妈妈，这样，我们就可以一直幸福下去了！太好啦！"看着小表妹欢呼雀跃的样子，我们都不由自主地笑了。

此时，我看着那行字，不禁感慨：诚如小表妹所说，我们已经很幸福了，为什么还要花尽心思去研究诸如买彩票、炒股，为了"赚大钱"而让自己心力交瘁呢？如果我们不懂得好好珍惜眼前已经到手的幸福，而妄自将心力投注于那些不可预知的所谓"幸福"，这有什么意义呢？还是古人说得好——"知足者常乐"。

我想对那些正热衷于追求未知的幸福的人说，放下执着之心，好好享受生活中的点滴幸福！你们要相信，幸福就在身边，不要让身边的幸福悄悄溜走。

新松苗壮，别样青

——观越剧新秀娄宇健、余少群专场表演有感

2008 年 4 月 18 日晚，在浙江省音乐厅的大厅内外，由浙江省文化厅主办、浙江越剧团承办的"新松计划"之———余少群、娄宇健越剧专场"别样红"在紧锣密鼓的准备工作中。越剧新秀余少群、娄宇健二位男小生，将为越剧票友们展示各自"十年磨一剑"后的看家本领。

7 点 30 分许，随着灯光的闪亮、音乐的响起，我企盼着二人的精彩表现，却又不得不带上些许"能唱好么"的担心。须知，在中国的传统艺苑里，与那些有着丰富的舞台经验，将唱、念、坐、打的功夫巧妙融合的老演员相比，这两个二十来岁的俊朗男儿，不过是两株刚成气候的小树苗呢！这场专场演出后，广大的戏迷朋友是否能够接受他们？他们又是否能得到同行前辈们的肯定？他们尚显稚嫩的双肩能否继承先辈们留下的艺术瑰宝？一切的一切，都会在即将来临的两小时内得到答案。

随着二人自我介绍式的独白的结束，真正体现二人舞台艺术功力的唱段表演开始了。

明亮的灯光下，娄宇健一袭长衫，颈上一条长围巾，头上一顶黑帽，将他高瘦的身形衬托得更加硬气、俊爽，随着一句"独自儿，暗思忖，我真好比梦中人"，观众被自然地带入了"秋海棠"的内心世界。"心

心相印"这一唱段本身在唱腔与身段上并无特别之处，却使得娄宇健可以很好地发挥了自己的表演特长，尤其在向罗湘琦唱述自己坎坷身世时的那一声哀戚的、欲发又止的哭泣，着实让人见识了他对剧中人物心理把握的功力。他准确地运用了颤音来抒发自己回忆自幼丧父、与母亲相依为命、后又母亲逝世的无比悲痛，有着强烈的艺术感染力，恰到好处地表现了越剧艺术的含蓄之美。

娄宇健的第二场演出的是大型现代越剧《红色浪漫》的"兄弟情"唱段。开场句"卸镣脱铐出监房"的短短七字的唱演，竟引起了两次轰动：一次来自掌声——前四字的开腔让人听了深感震撼。娄宇健，一个看似温婉的江南小生出人意料地打了颇为漂亮的一仗。要知道，《红色浪漫》声腔表现对演员的技术要求何其之高。在浙江越剧团，男主人公刘国鋕的角色，在娄宇健之前，除华渭强以外尚无人扛鼎，然而，娄宇健却勇敢地接受了团领导的安排，在自己的专场上唱演《红色浪漫》，并较为成功地演绎了其高难度的唱腔；另一次轰动，源自议论声与叹惋声，原因是最后一个"房"字的尾音，娄宇健唱哑了！但是，我认为，宽容的观众们应该会给予理解。娄宇健在正式演出的前三天，一直在医院"打点滴"，但是他并没有因生病而耽误排练，更没有因此而延误专场演出。对于他而言，嗓子的使用可以说是达到了极限程度，再加上这是他首次专场演出，难免紧张（在此也必须提及的是，娄宇健在前一晚，即 17 日的排演中成功地完成了这一句的演唱）。

值得赞许是的，尽管开场一句并不尽如人意，但娄宇健并未因此而影响接下来的表演。因为，他深知，只有坚持，才能对得起自己多日来付出的艰辛，才能对得起不辞路远前来观看的观众，才能对得起众多亲友以及领导们的殷切厚望。

在"求五哥"的唱演上，"刘国鋕"与"五哥"推心置腹的交谈时而高峰掠驰，时而低谷徘徊，错落有致，在缓调的运用上也把握甚当。看着"刘国鋕"让监狱长重新给他戴上镣铐，对五哥微笑后坚毅而去的背影，我为他感动、为他骄傲。与此同时，观众席上掌声一片。此时此刻，我沉思着：这掌声的内容是丰富的，它包含着宽容与理解，也包含着对宇健后来的表现的肯定，更包含着对宇健的鼓励及对他演艺人生的祝福与期许。

是的，回望娄宇健看似短暂的艺术历程，已然在影视圈成功立足的娄宇健，在传统艺术的大舞台上，他并未停止前行的脚步，而是坚守阵地，牢记自己戏曲工作者的身份，铭记自己身负的重任，执着追求、锐意进取、不从俗流，比较成功地定位了自己的人生发展之路。在戏曲舞台上，他认真、严肃地对待自己饰演的每个角色，即便是做一片点缀他人的"绿叶"，他也认真求索。这样一个男儿，叫人怎能忍心为他一次错误而发出诘难？怎能不送上一声诚挚的祝福？

接下来，谈谈余少群。余少群表演的剧目都是传统剧，唱段分别是《盘妻索妻》中的"赏月"、《玉簪记》中的"逼侄"。

"赏月"的表演主要在于心理展示，与余少群对戏的是浙江越剧团的当家花旦陈艺（《红色浪漫》女一号曾紫霞的扮演者，师承傅派，乃越剧前辈傅全香的关门弟子）。傅派、尹派搭档本身就稍显欠妥，又因余、陈二人舞台经验、功力等方面的差异表现，所以"赏月"唱段表演中，余少群差强人意。反倒是陈艺的表现更为细腻、妥贴，将谢云霞这一人物的心理变化表现得很到位。

然而，余少群在"逼侄"这一场的表现却给了观众一个大大的惊喜，甚至可以说，整个专场的四场表演中，最具光彩的便是余少群饰演的潘必正了。舞台上，余少群成功且创造性地塑造了一个调皮可爱、爱撒娇、机灵而又有点儿执拗的书生潘必正。俊美的扮相且撇开不说，最惹人关注的便是他精到的身段表演，加以表情与语调的恰当配用，可以用"绝"来夸赞了！当晚，观众们也明显地感受到了余少群的刻意追求：他充分调动了自己的艺术积累，发挥自我优势，付出心智，在身段上既遵从了越剧的柔美特点，又注重吸纳汉剧里的高难度动作（余曾在武汉汉剧院工作过），将越剧、汉剧二者有效地融合。舞台上，"潘必正"一系列的定格亮相、翻跳等动作，其难度之大、技术要求之高，绝非等闲，非其他同龄青年演员能及；再加上嘟嘴、甩手等撒娇表情、动作的点缀，时不时地引起场下的笑声与掌声；其衣袂随着快步走场而翩然飞扬的样子，也着实让观众感受到了越剧之美。观众席上的赞许声、叫好声不断！可以说，"逼侄"这场几乎是"满堂彩"。

回味余少群在这一场的表现，他力避同龄人惯常的一招一式模仿、重复、再现师辈与他人的学习方式，用自己在艺校和汉剧院工作时所学到的技艺，融会贯通、独创性地塑造出了具有鲜明个性色彩的人物，而这，正是一个有出息的戏曲演员的可贵之处！尽管这一场下来，余少群已经是大汗淋漓、气喘不已，但是，他是值得的，因为，观众们用他们热浪般的掌声、叫好声给予了他最大的肯定，这是对他最好的回报。

越剧新秀娄宇健、余少群的专场表演结束了，《红色浪漫》的悲壮、《秋海棠》的凄苦、《盘妻索妻》细腻的心理表现、《玉簪记》出众的身段演绎，构成了一场成功的"别样红"专场演出。

剧场中央，娄宇健、余少群的面前摆满了亲友、观众赠送的鲜花。看着他们二人在鲜花丛中向众人微笑、致谢，我的心里澎湃不已，他们没有辜负自己、没有辜负众人，这两棵"新松"在鲜花丛中显得那么苍劲、青翠。专场开场之前，我心里所有的疑问此刻都得到了肯定的答案！我相信，在戏曲的艺苑里，他们将茁壮地成长起来！

在此，我对二位的成功致以诚挚的祝贺。当然，一时的成功并不意味着永久的成功，人生的道路还很漫长，艺术道路更需要一个演员脚踏实地、目无旁骛地走好。专场结束了，他们的艺术人生却并未结束，结束意味着艺术人生的新阶段的开始。当代作家贾平凹有句话："在太多诱惑的年代，年轻的从艺人难得还待在艺术舞台上。"这句话的个中意味，我相信，年轻的演员有深切的体会。

希望他们都能够努力寻找到一个平衡点，把握好人生的定位。而这一点，我认为，娄宇健在很大程度上已经做到了，至于余少群，尤其是他作为少年梅兰芳在电影《梅兰芳》中的表现，我想，应该是很多人关注的吧！

人的价值，在于获得生存的权利，在于不断地探索与创造，成为推进物质或精神某一领域，进而推进社会前进的一份子。期待他们成为这样的一份子。

洪梅，我在灯火阑珊处看你
——探源洪梅花灯节

我常常觉得，漫步，是感受一座城、一方水土之内质的最好方式。

又是一年花灯绚烂时，在一片火红铸就的流丽灯海中，洪梅小镇，我酣畅淋漓地聆听着你的心跳。他们说，东莞是文化的"沙漠"，然而，就在这里，洪梅，我看见了你！在如梦如幻的灯境中，你幻化成神女般的模样，在微风中衣袂翩翩、裙裾轻扬，透着迷人的韵致，低着凄楚的眉角，穿过花灯小径，绕过熙攘拥挤的人群，从远古走来，闯进了我的心里，将我带进那古老的画面。

一 今慕古

历史老人的足迹早已在这片土地消逝，被高楼大厦、砖瓦楼墙覆盖遮掩。在改革开放的浪潮中，因制造业的迅猛发展而声名鹊起的现代化城市东莞，想要发怀古之幽思，简直是不可设想之事，然而，水乡洪梅，用她古代少女初出闺阁般娇羞绯红的脸，告诉我，历史老人还留下了她，留下她向时人证明，追古慕远，绝不是不可能！

在浩瀚的灯海中，我携着怀古之心，不知疲倦地流连辗转；在灯火阑珊处，我怀着幽思之绪，探寻洪梅花灯节的奥秘。号称"岭南第一灯"的灯王前，行人挤挤挨挨，却有秩序地缓行着，似乎在顶礼膜拜，为朝圣、为仪式而来。此时，我的身边就有一对年轻夫妇，他们正双手合十，站立在"天姬送子"的花灯前，旁边的中年女人向他们低语，又在比划、指导着什么。我那早已被好奇心挑逗得不安分的脑海中，骤然跳跃起清人屈大均在《广东新语》中关于广东元宵灯节习俗的纪略："……仕女多向东行祈子，以百宝灯供神。夜则祈灯取采头。凡三筹皆胜者为神许，许则持灯而返。逾岁酬灯。……"位于岭南腹地的东莞人，沿袭了这种古俗和观念——酬灯神以求子。难怪莞邑民间至今仍流传着"祈灯添丁"的传说和"挂添丁灯"的习俗。这样想着，我也自觉地抬起头，望向了这"天姬送子"的图画，为这对青年男女祈祷起来，微笑着暗忖来年他们就能抱上一个胖娃娃。

就这般静静地望着，我竟发现这灯、这光似乎在空气中流动。无怪乎人们总喜欢岁月比喻成河流。习惯于快节奏的现代人，只能焦灼地站在河流的此岸，眺望彼岸的美丽与芳华。的确，历史实在是被岁月流放得太久了，以至于人们早已忘了先民生活的原本模样。"日之夕矣，羊牛下来"的静好也早已被匆匆的都市生活遗落，在今天的城市文明中沦为美的祭奠。然而，民俗的力量又是顽强的，再急促的现代生活，终究难以消磨千百年的积淀和深烙在人们血液里的文化之根。因为有了民俗文化的传承，人们关于旧时生活的记忆得以被唤醒。

于是，在现时的岁月之河的此岸，我近乎痴迷地沉思、想象古人在花灯节会上的悠游，他们或喜悦、或悲伤，或惆怅、或悠闲……我寻寻觅觅，期待在岁月之河氤氲的重重倒影中有所发现。我仿佛看见了！人来人往处，是不是就有这样一个男子，提着一盏花灯，携着一根彤管，急切地想要越过汹涌的人潮，去见早已在城隅翘首以待的"静女"呢？清风拂袖间，又是否有这样一个女子，在花灯的拥簇下，泛着羞红的脸，静待着相知、相惜的犹如风一般清逸的男子款款而来呢？在灯花相连的青石巷陌间，是不是有一对对稚童幼女在无忧地嬉笑嗔骂、追逐戏耍？成排的老屋前的花灯下，是不是有一双双两鬓斑白的夫妇正搀扶着彼此，满含笑意地痴望对方共吟《上邪》？古人美好生活的无数景象，就如此这般一一浮现我眼前了。

不知不觉，我已醉倒在今时的灯景和古时的怀想中。

二源探本

随着凝望时间的延长，我心中的狐疑竟越来越明晰——花灯上的天姬画像，有着慈善悲悯的神情和秀气致雅的容貌，在记忆的海洋中与那位长久以来悠游在民间传说中的美丽女神对接起来。

果不其然，在流淌的时光中，我听见了，听见了天姬的声音从遥远的天边乘风而来——"你猜的没错，我正是紫姑。"这就是紫姑神！顷刻间，我想起在陈伯陶重修的《东莞县志》卷九"风俗"篇中，曾对莞邑民间上元佳节时的活动有详细记载："上元前数夕，生子者张灯结彩，为酒馔，庆于祠，俗呼为'灯头'，称其祖父曰'灯公'。元夕张灯烧火树，为狮象、鱼龙百戏，其词人以隐语体物张之灯间。如射覆然，能命中者，必有以持赠。或为秋千之戏。亲串好会，妇女相馈以粉丸，曰'结缘'。是夕也，迎紫姑神，以卜相传，紫姑以是夜为大妇所逐死，故俗悯而祀之，亦相戒以不妒也。"

借助这段记载，我们基本可以想见：古时，在元宵节，于上灯之际，街道巷陌间的繁闹景象，或张灯烧火树，或作百戏，或猜谜语，或为"射钩"之戏，或迎紫姑女神，或荡秋千戏……如此想来，和古时的上元之夕相比，如今的元宵夜竟显得乏善可陈。

在相当漫长的一段时间内，学院式的由精英掌控的上层文化被视为"文化大传统"，大众化的由俗民承接的下层文化被视为"文化小传统"，更通俗地说，二者分别为人们口中的"阳春白雪"和"下里巴人"。近些年，以探寻中国文化大传统为目的，以不局限于文学文本的文化文本为研究对象，以田野调查为主要研究方法的，从比较文学研究领域脱离出来的新兴学科——文学人类学的出现，彻底颠覆了这种所谓大小传统的文化观。在文学人类学的研究视野内，有文字记录的传统成为了小传统，而先于文字的口传文化和外于文字的无文字文化成为了大传统。于是，我们不难理解：倘若天坛这一建筑物也可以成为文化文本，被文学人类学家认为是大中华文化传统中的核心价值观的符号编码，代表着华夏天人合一的风水观、宇宙观，那么，在洪梅花灯节上所呈现的这些图像，也能作为一类文化编码，纳入我们的观察视野，其价值意义在于——代表着中国大汉民族千百年来的神话历史。

这样想着，就不难解答长久以来的疑惑：为何越长大，日子过得越久，那些在传统节日到来之际，曾经充满喜庆的兴味会离我们越来越远呢？大传统在岁月之河的不断流淌中被荡涤，恰如天际的霓虹，再美丽绚烂，终会随着时间的推移，随着阳光的逐渐分明而消失。所幸的是，还有这些古人留下的传世文献（小传统）作为他们曾经在这个世界绽放过刹那芳华的见证。更庆幸的是，因为有了花灯节民俗活动的传承，我们得以感受先人的情怀。然而，我们又是不幸的，因为太多大传统的流失与落寞。试想，若能在洪梅小镇再现旧时的那些光景，我们何愁没有节日的氛围呢？又怎么会在物质丰富的现代生活中感到心灵的孤寂？

三 "紫姑"起源

借助陈伯陶《东莞县志》的记载，我们大体可探知紫姑的身世：生前为人妾室，因遭正室嫉妒，在上元节当夜，被大夫人逼赶而死。在陈伯陶看来，世间妇人大多因出于怜悯而祭祀紫姑，用意大抵是以紫姑的遭遇来警戒妻妾之间要和睦相处而非相互妒忌。那么，疑问就此产生，这位紫姑神究竟为何人？她的命运这般不幸，又为何会在元宵节这样美好的日子被世人欢迎，甚至于用心祭拜？

迎紫姑神，坊间多谓"请厕坑姑"。紫姑女神何以被称"厕坑姑"？这着实值得追寻一番。清人俞樾（红学专家俞平伯之曾祖父）的《茶香室续钞》卷十九有援引东坡居士与紫姑女神的一则问答："……仆尝问三姑，是神耶仙耶，三姑曰：曼卿之徒也。欲求其事为作传，三姑曰：妾本寿阳人，姓何名媚，字丽卿，父为廛民，教妾曰：汝生而有异，他日必贵于人。遂送妾于州人李志处修学，不月余，博通九经。父卒，母遂嫁妾与一伶人，亦不旬日，洞晓五音。时刺史诬执良人，置之图圄，遂强娶妾为侍妾。不岁余，夫人侧目，遂令左右擒妾，投于厕中。幸遇天符使者过，见此事，奏之上帝，敕送冥司理直其事，遂令妾于人间，主管人局。……"俞樾注曰："按此即世所谓坑三姑也，俗以正月望日迎紫姑，即其神也。"读到这里，就不难理解——紫姑因被杀而投于厕中，所以又称"厕坑姑"。苏轼又有《子姑神记》称赞她才艺绝伦，能赋诗，懂乐舞，得天帝之悯，赐为人间之神。

紫姑甚至还有占众事、卜未来的异能。如《齐谐记》云："正月半，……

其夕则迎紫姑以卜。"《荆楚岁时记》云："其夕（正月十五日）迎紫姑，以卜将来蚕桑，并占众事。"《玉烛宝典》卷一云："其夜迎紫姑以卜。"这些能力，应该是在她成为人间女神后才具备的吧！

若是紫姑真有如以上文献所记载的这些才艺与异能，她身受世人的祭拜之礼也就不足为奇了。只是，这样一来，陈伯陶认为世人因怜悯且以紫姑的遭际为戒的说法也就不能成立了。正如农历七月七日的乞巧节，世间女子对织女隆重祭拜，无非是想讨得如织女般一样的绣功技艺罢了。

至于紫姑为何为"紫姑"，说法不一。有说是杜撰而来，也有说指的是西汉时的戚夫人，后来"戚"变成了"七"，又转化为"紫""子"，因为发音相近而转变了称呼。前一说法自不必讨证，后一说法，笔者也认为值得怀疑，即使依照《中原音韵》，"戚""紫"发音的差距也令人费解。

关于"紫"，我们常能想到这样一个词"紫气东来"。东边则有"东皇太一"。因此，自古以来，"紫"就是尊贵的象征，若非上卿侯爵不能身着紫服。早在先秦时期，先民便有"太一"的说法，屈原的楚辞中就常常出现"东皇太一"这样一位尊神，至明清两代，因国都已偏离如唐宋时的长安、开封等中原腹地，统治者则借用象征建构的办法来解决国都不在中原的事实。如明成祖建"紫禁城"——"禁"字自然不难理解，即重要禁区，非特许人等不得入内，但何以称"紫"？不是"黄"或是其他词语呢？这就要回归到中华文化的大传统中去考证了。在古人心中，北极星为"帝星"，始终处于不变的地位。北斗星始终围绕北极星旋转，整座星系被人们视为"紫微宫"，这是天帝居住的宫殿。而作为地上的人间的"天子"，想要得到天帝的庇护和天赐的人权，就必然要与天宫对齐。如此，"紫禁城"之名的由来便不难理解了。

有了以上的前期理解，"紫姑"的名称则有了根深蒂固的文化传统作为有力的佐证。再回到苏轼关于紫姑神的记载——紫姑神因得上帝的怜悯而被赐为"人间之神"，"主管人局"。可得出结论："紫姑"之所以为"紫姑"，正是出于她占人间地位之最，是世人心目中掌管人间之事的最高女神。

　　寻寻觅觅，兜兜转转，我终于寻到了你的来处——洪梅花灯节。而此时，你的身影再次在人群深处挺立，衣袂翩翩，裙角轻扬。不同的是，你不再凄楚低眉，而是泛着被人认可的微笑，于是，我的耳畔响起了那句耳熟能详的"众里寻他千百度，蓦然回首，那人却在，灯火阑珊处。"

岭南大地有巾帼，文化之根存高凉

——冼夫人文化感悟

两年前的夏秋之交，应友人之约，我曾前往茂名访游，品尝过脆爽的水东芥菜，亲历过"中国第一滩"的海水的洗礼，也走访了"岭南圣母"冼夫人的墓城。

时隔两年，那些记忆仍清晰如昨，就连曾学过的当地的"黎话"还存留在脑海。在过去与现时的两岸之间，岁月是一条河，否则它就是一团雾，说没就没了。幸好有记忆，助我划过岁月之河，重新去感知那永生而遥远的历史，拾起那些存留在岭南人心间的文化之根。如今想来，两年前的走访，竟也算是文化人类学家们所言的"田野调查"，只不过是无目的性的。

古之"高凉"郡县，今之恩平、阳江、阳春、电白、茂名、高州、化州、吴川皆其属地，地处岭南之端、南海之滨。高凉境内多山亦多水。正因此，高凉大地能够孕育出像冼夫人这般集英杰之气和细腻之心于一身的女子。

起初，听友人说要去访墓，心底顿时涌起一种肃清、阴森之感。这是少时随父母游北京明十三陵的"后遗症"。然而，听了当地友人对冼夫人的介绍，我竟忍不住前往一探究竟，想亲眼目睹冼氏遗风。只因料想不到，在南国这样温暖的地方，竟有如花木兰般英姿飒爽的"巾帼英雄"，而且，是实有其人。而北国的花木兰，至今或对其真实身份，或对其出生之地仍有争议。

　　冼氏的"墓城"遗址在电白县山兜乡，我们先到了娘娘庙。友人谈到，据村里的老人说，娘娘庙原本是丁村冼氏的宗祠，为纪念先人冼夫人所建。眼前已然一片斑驳残败的景象，但古朴的气质在老去的时光中却愈显厚重。步入"墓城"，并无想象的那么阴森、恐怖。然而，我们还是很自然地噤了声，以示敬重。倾圮的老墙，丛生的杂草，凌乱的竹影，爬满青苔的瓦片，奇异的同向斜生的相思树……今时的斑驳景象，在阳光辉映下犹显安静的"墓城"，逐渐将我们带入了历史的幻境。恍惚中，我仿佛看见了冼夫人在战场上镇定指挥、奋勇杀敌的身影；又仿若听见她在乡人间机智斡旋、公平断案的智语。友人一声轻唤，将我从思绪中拉回现实。

　　见我这般痴醉，友人提议前往高州冼太庙走一遭。我们便驱车来到了高州市区的冼太庙。途中，友人介绍说："民间对冼夫人奉若神明，每年在冼太庙都有祭祀活动，仅仅在高州境内就有200多座冼太庙。其中，高州冼太庙是始建年代最早，规模最大，且直接由官府置办的。"我思忖着，如果算上各地民间自筹建立的冼太庙，恐怕难以计数。

　　高州冼太庙在高州市冼夫人文化公园内。果真，如友人所言，这里香火旺盛。香烟袅袅，萦绕在这古老的庙堂上空，终久不绝，足见人们对冼夫人的景仰之情。轻抚眼前的一篇篇碑文，冼夫人璀璨的一生如一幅幅画卷生动地展现在我眼前。试问，泱泱中华的历史书卷上，这样定国安邦、造福于民的女子能有几人？

进了正殿，仰视冼夫人雕像，情不自禁地双手合十，虔诚地祭拜。可以想象：冼夫人兴许没有北方佳人般倾国倾城的美貌，但是，她的精神内质却令众生折服。"殿阁辉煌气势雄，安民护国树丰功。三朝统一无兵祸，百越升平万世崇。"后人对冼夫人精神的传世赞颂，不正证明了这一点？彼时，我的心间也不知为何涌动着莫名的激动。然而，那时的我无法诉说，只能默默无语，只能静静瞻仰。

现在的我，在两年之后回想那一幕幕，沉思着。时光的车轮碾过高凉大地，留下了太多的兴废的轨迹，却被尘封在古老的过去，换就了一副新模样，以致于人们早已忘却了历史上这片土地曾经的容颜。处于为岭南之端的茂名，应该为留存有这样的文化之根而庆幸。时代在发展，诸多的城市在发展的路上迷失了方向，断送了自己的文化之根。相比之下，过尽千帆，在改革浪潮引领下逐渐走向富足的"高凉"人，不但没有被时代的潮流所湮没，反倒藏留着这样厚德载物的冼氏精神，并决意将其发扬光大。正如茂名的城市宣言——"根深而茂"。城市的飞速发展足以让各种欲望糜烂，让内心变得蠢蠢欲动、骚动不安。然而，因为有如此扎实的文化之根，生活在"高凉"大地上的人们，才不至于如某些城市沦为外人眼中的"暴发户"，才能让物质、精神的"双生花"灿烂绽放。

历史的跫音已经远去，冼夫人的精神却长留在人们心间。冼夫人用90余年的人生之路印刻下的历史，历经一千五百余载，以其特殊的魅力，沉淀在人们的心间。令人不能不为之赞叹，不能不为之拍手叫绝！

久违的信仰

　　塘厦镇的盘古庙是东莞辖区内为数不多的以祭祀盘古神为目的的庙宇，位于镇内的沙湖管理区。据一位 81 岁的老干部说，该庙在"立围时便兴建"，即有沙湖村之时，就有了"盘古庙"（当地人称"村"为"围"）。《塘厦镇志》记载："沙湖村位于塘厦镇西南部，面积 4.6 平方公里。赵天俊约于明洪武二十七年（1394）携族人从东莞城区迁此定居立村，……因村面向大沙河，故名'沙湖'。"依据以上，可推测，塘厦盘古庙当首建于明代。

　　六百多年前建的那间旧庙，并不在如今的新庙所在的位置。令人惊奇的是，据沙湖当地人回忆：晚上，在旧盘古庙附近可以看见"神火"在半空中飘移。能够看见"神火"的人可以心想事成，非常灵验。甚至有好几个老人说，小时候他们曾看见几次。那时候，人们都十分相信盘古庙中的盘古神。盘古神在东莞的各个镇区都有许多信众，影响及至深圳、广州、香港等地。塘厦盘古庙香火鼎盛，日夜都有许多人在庙内向神灵祈求、许愿。

　　然而，由于历史因素和自然因素对建筑物的损坏，最严重的莫过于那场文化灾难的人为破坏，导致旧盘古庙陷入无人管理、无人维修的处境，庙宇最终沦为倒塌坍圮的命运，徒留断壁残垣。建筑物被破坏，更阻断了人们对盘古庙的祭祀，这无疑是对传统文化、宗教信仰的重创。但是，仍有少数笃信的老人会去旧盘古庙的遗址偷偷祭拜。

随着改革开放的深入，文化思想的开放，民间信仰逐渐多元化，人们开始对盘古庙进行了或自觉、或不自觉的祭拜，一些人的祭拜行为也就逐渐被大多数人认同。旧盘古庙虽然坍圮，但仍有部分建筑遗存，这给予了当地人神灵崇拜的想象，加之世代相传的信仰事件和南粤人地浓厚的民间信仰氛围，促使了盘古庙的重建。

事实上，塘厦还有四间建于明清年间的寺庙，均处于失修倒塌的状态。人们却选择了首先重修盘古庙，这与当地深厚的盘古信仰传统是分不开的。南梁任昉《述异记》云："南海中有盘古国，今人皆以盘古为姓"。同书又注曰："今南海有盘古氏墓，亘三百余里。俗云，后人追葬盘古之魂也。桂林有盘古氏庙，今人祝祀。南海国中有盘古国，今人皆以盘古为姓。"上述文献所称"南海"，当指古南海郡，泛指整个岭南地区。至少，珠江水系之西江、北江和东江地区都是盘古神祭祀圈的主要范围。而塘厦，正处在这一地理范围内。也可以这样推测，与印度佛教中的诸佛相比，人们或许认为，盘古这一神祇更具本土意义，在神话传说中是开天辟地的始祖，所以，修盘古庙，当为首选。

于是，沙湖本村的民众自发组织，并发动其他地区的信众捐赠金钱，以重新兴建盘古庙。最初，人们选定了旧庙的位置来重新修建，并择了"吉日"，要举办祭祀仪式，其中，有一头生猪作为祭品。这种以牲口祭神的仪式，实际上是原始巫术中的"人祭仪式"的胎记。在我国漫长的文明史上，人身献祭的现象确有存在过，且被作为祭神之用的人牲是不能随意选择的。如商汤王时期，七年大旱，经占卜知要以人祭天，汤王便"剪发及爪，自洁，居柴上，将自焚以祭天。"（见《淮南子》）

在上古巫术信仰中，部落或种族首领，被认为是具有通天本领的人，他们往往身兼大祭司之职。作为天子的汤王，自然被人们认为是能与上天对话，祈雨除旱的直接人选。西藏地区流传有"阿姐鼓"的传说，也是这种人身献祭的写照：一个孤独的小姑娘失去了相依相伴的哑巴阿姐。小姑娘一直不明白为什么阿姐要离家，而且一去不回。直到她长到和阿姐相仿的年纪时，她要去寻找阿姐，路途中遇到了一位老人。老人反复向她诵念着六个字"唵嘛呢叭咪吽"。（"唵嘛呢叭咪吽"是藏传佛教的六字真言，相当于中土佛教的"南无阿弥陀佛"，反复诵之，可持无量功德。）突然，女孩似乎明白了什么，是梦想中的幸福带走了她的阿姐，而已经长大的她或许也将被带走，而这时，天边传来了鼓声……所谓"阿姐鼓"，实际上是剥下圣洁处女的皮制作而成的"人皮鼓"，其制作过程让人毛骨悚然，在此不赘述。在旧西藏达赖统治时期，"阿姐鼓"被认为是密宗忿怒尊（又称持明尊）所持的重要法器。这种由圣洁少女的人皮制作而成的鼓所传递的声音，被认为可以通达天界，会被佛祖、菩萨听到。在不定期举行的"咒念"（即念诵六字大明咒）仪式中，"阿姐鼓"必不可少，祈福祝祷时，轻敲此鼓，我佛慈悲便能从天而降，造福世间。随着社会的发展和人类文明的进步，原始的"人祭仪式"发生了演变："替罪羊"之类的牲畜代替了"人牲"，为祭神赎罪之用。残酷的"人祭"由此转变为"牲祭"。

在沙湖村民筹备祭祀仪式的过程中，一件神奇的事情发生了——在宰猪者欲将刀刺向祭猪之时，猪竟然挣脱了绳子，跑了……人们一直追踪至现在盘古庙的所在位置，这头猪却突然不跑了，还四脚张开，趴在地面。人们便认为，这是上天的安排，这是一块"福地"，所以选择了祭猪停留的这个位置，兴建新盘古庙。又令人觉得巧合的是，新庙的位置就在沙湖村得名的那一片湖水前，该湖深不见底，且底部有大量的泥沙。村民认为，庙宇的新址选在湖前面，必定能"旺风水"。这在一定程度上折射了传统风水观在当地的留痕。事实上，在宗教信仰视野中的水，以及与水相关的湖泊河川等，都具有相对稳定的象征意义——净化、超脱等含义，由此，水也一定程度地被赋予了神圣之性。因而，湖前的新址的确定，实际上符合人们的传统信仰心理。

新盘古庙的修建在2006年7月完成。庙宇为二进间，庙的门联的横幅为："千秋鼎盛"。对联为："庙貌庄严千古威灵扶社稷，神界普照万家灯火保康宁"。庙旁边有座"康寿亭"，是同时新建的。庙和亭均为琉璃瓦顶，有龙凤等寄寓着吉祥的陶像。庙外有几座陶制的大香炉和焚烧纸钱等的石炉，也有麒麟、龙等吉祥物的雕刻。庙内有大大小小的神像几十个，如车公、文昌、华光、朱雀、太岁、玄坛、保寿及此庙有名的"十二奶娘"：一袁、二徐、三关、四甄、五马、六刘、七祁、八丁、九彭、十何、十一蒋、十二张。名为"盘古庙"，当然要以供奉盘古先帝为主，以及盘古奶、盘古公。

盘古信仰是我国古代神话信仰体系的重要组成部分，每年一度的"盘古诞"（农历3月19日）及其参拜仪式成为人们公认的"遵从规定"，并成为当地盘古信仰的传统。人们崇信盘古这一类神祇的法力与权威，完全是人们试图实现天（神）人之间关系整合与心理适应过程，这是中国人共通的由宇宙认识系统决定的宗教文化现象。在人们看来，祭祀是通神的主要手段，是祈神、通神的基本形式，其用意在于防灾、求好运，满足其心理；同时，通过祭祀也能加强家族或氏族内部的团结，增强凝聚力。

在盘古庙举行的开光仪式，反映了人们对于盘古信仰的虔诚度。在举行开光仪式前，由三个男巫在神台前"唱歌跳舞"——以其中一名男巫为主。该名男巫口中念念有词，时进时退，手执纸符或桃木剑或一个令牌。信众则围在附近，手持点燃的香，每当男巫跳完一支舞或者烧完一张符，信众便会诚心地拜上几拜。神台上，除了拜神用的水果、食品、咸汤圆，还有一些纸扎的像，在开光前，有一纸扎的红马以及大量的纸钱等；马上有一纸人，民众认为，神灵会骑着马降临此庙。这项仪式一直持续到正午 12 点，以焚化红马、纸钱为止；同时，在焚烧过后，信众将手中的香全都插进大香炉，名为"添香"。庙内要开光的神像均有红布遮盖住，故仅知道其名而不知道其样貌。从 12 点开始，开始进行神像的开光仪式。这时，要将庙内的妇女全部驱赶出庙，女人是不得留在庙内的。然后，关闭庙宇的大门，剩下男巫和男人在庙中，开光仪式大约需要半小时。开光仪式结束后，每个前来参拜的信众均可获得一块红布，带回家中"睇门（保平安）"之用。并且，巫师会给前来参拜的民众每人一张纸符，符上绘有类似人貌的图（即盘古神像）和一些字如"盘古先皇，赐福康宁"，寓意保佑家宅平安。在整个过程中，大家并不对这些鬼神之说多做评论，只是虔诚地对着神像许愿，把自己的一些美好愿望表达出来。

笔者向庙宇的管理员请教，为什么在正式的开光过程中要将女人赶走？他解释：女人是阴，并有月经等被视为不干净的生理情况，当遮盖神像的红布掀开时，神明看见有女人，就会生气；而男人是阳，代表龙，是"正气"的代言人，所以可以与神明接触。也许，有人认为不让女性在场是对她们的歧视，但从村民的角度来看，这只是他们心理畏惧的一种表现，具有历史性。为了信众甚至整个村落的利益，女信众也很乐意暂且回避。

"四个开光的神像都是很厉害的！"庙宇管理员认真地对笔者说。"判官"有一支神笔，所有人的生死都由他掌握；"千里眼"可以看到很远的事情，甚至可以窥见这村的未来；"顺风耳"能够听见几千里外的动静……这些相关的传说故事，很多人都耳熟能详，因为在诸多关于天神鬼怪的书籍，或影视作品中，均有这些神灵的人物化形象。

东莞市塘厦镇盘古庙的重建和盘古信仰的兴盛，体现了民间信仰文化的强大力量。无论历史如何更迭，作为人类始祖之一的盘古，始终留存在人类文化的密码中，并将成为我国古代神话系统中源源不断的发掘源泉。盘古庙中的多神偶像作为图像编码，以及人们祭祀盘古的仪礼过程作为活态文化，也在多方面反映了我国民间信仰中的古代传统文化因素——如阴阳和谐、女神崇拜、巫觋通神等。

作为城乡历史文化的重要组成部分，塘厦盘古庙及其相关文化形态，是值得我们关注的，盘古庙中的各类文化编码的解读，更待人们去探究。如盘古开天辟地的精神，与东莞作为改革开放前沿阵地之一所应具有的"开拓创新，锐意进取"的大无畏精神是不谋而合的；又如盘古庙中的多神崇拜与东莞"海纳百川"的城市形象都以"和而不同，求同存异"的中国传统文化为指向。

如果不脚踏实地、一步一脚印地去丈量万江这块土地，你可能只会在听闻万江是"龙舟文化之乡"时若有所思地点头赞叹，却不知道这背后的历史渊源将会给你带来怎样的震撼；如果你不亲自前往万江的各个社区去一睹为快，你很难想象在粤港澳大湾区经济不断腾飞的快速道上，原来这里还存留着一个个值得让人深情回眸的老龙头的故事；如果你不曾深入地和万江致力于传统文化工作的人去一对一地交谈，你又怎会知道在"万江赛龙舟"成功列入国家级非物质文化遗产名录的背后，这些可爱的人对龙舟有着怎样深切的情感？

因为地处东莞腹地，万江曾经被太多人误解。只有亲临万江，真正的了解、梳理这里的龙舟文化脉络，你才会发现：万江实在是太低调了！

东莞的龙舟竞渡规模在岭南一带数一数二，而万江赛龙舟在东莞敢称第二，便没有哪个镇街敢于充当第一。这或许是"万江龙舟景"被称为东莞龙舟第一景的原因。

在万江的每个社区，在每个社区的各个村子，都有属于他们的传统龙舟。说起龙舟，万江的每个社区居民、每个村民都能和你聊上整整一个下午都不知疲倦，就连孩子和你聊起他们参加少儿游龙活动时，他们眼神中那呼之欲出的喜悦光芒，都会让你的思绪不知不觉地陷入孩子们口中描绘的美好画面。

龙舟，在万江人的心中，有着神圣不可侵犯的地位——这是至阳至刚的至纯圣物，女子是绝对禁止上船的，男子也必须成年后才能正式扒船。即使在男女已经平等的现代社会，也难以在传统龙舟上看见女子的身影。好在，随着现代中华标准龙的出现，对龙舟充满好奇、向往的女子有了圆梦登船的机会。

龙舟精神，被解释得最多的，是在竞渡之时，队友们之间体现出来团结协作，同心同力拼搏的坚韧精神。走进万江，你会发现，龙舟精神的内涵在这里得到了更多的延伸。

日头渐长，"蝶变"不止

地处万江西北部，总面积只有 2.7 平方公里的滘联社区，因三面环水，基础设施建设落后，2009 年曾被列入"东莞市欠发达村"名录。

经过十余年的发展，如今，这个已经有 700 多年历史的古村落，已经给旧貌换上了新颜。卫星地形图俯瞰如一只振翅高飞的蝴蝶的滘联社区，早已脱贫，"蝶变"成为"美丽幸福村居建设示范区"。

经过"一河两岸"的整治，原来污泥拥堵的河涌，被整改成为可以入画的小桥流水，清澈的小河随处可见畅游嬉戏的鱼儿；曾经破烂的泥巴路，变成了四通八达的柏油马路和整洁的巷道。

如今，村民们放眼望去，可见流水成翠，古树连荫，寺庙层叠，田地井然……沿着沿江的河岸线一路行走，东、南、北面皆比邻东江支流的滘联社区，被挖掘出的水乡特有的人文资源就这样一一展现眼前，仿若一幅独具岭南水乡特色的现代油画，让你流连不已。

2020年中秋时节，来自新村社区的阿堂初到滘联社区做志愿者。在探访村中老者的路上，他被眼前引人驻足的如画风景所吸引，从此迷上了滘联的水乡风光。他隐隐觉得，在内心深处，似乎还有一个隐秘的声音在呼唤他，呼唤他要常常来滘联走一走，但这个声音是什么，他只能意会，却难以言明。

直到2021年3月，李书记在慰问志愿者时，和阿堂提到，滘联社区的文化工作人员目前做了大量的人文工作，但是，滘联作为一个有着700多年悠久历史的古村，还有许多丰富的人文历史有待挖掘，这些工作需要依靠志愿者们帮忙。李书记的话犹如一盏灯，驱散了阿堂心内的迷津。阿堂开始踏上了挖掘村史，挨家挨户地搜集老文物的道路。阿堂坦言道："越挖掘，我就越兴奋，滘联的文化底蕴实在深厚。"这样说着，他的表情已经有了兴奋的意味。作为一个外村人，从单纯地欣赏美景，到被滘联的人文历史所吸引，这时间并不长，却让阿堂认定，未来他将会用漫长的时间去做一个"文化历史的有心人"。只要双脚还会走动，他就要每天往滘联来看一看，和村民们聊一聊可能会遗落为尘埃的旧事。他还想着，要将村里老人们和年轻人之间口口相传的故事记载下来，让这些故事不只是故事，而是被见证过的历史。

2021年12月，在万江图书馆二楼进行的村史文物展，就是由阿堂策划的。阿堂带领着我们，对从村民家中搜集来的旧物一个个进行了介绍。这些沉淀着时光的旧物，不正是滘联社区的变迁史吗？滘联社区在新农村建设的路上，不断开拓进取，寻求新发展，不正是对乘风破浪、勇往直前的"龙舟精神"的诠释吗？

狭路相逢勇者胜，只有以"勇者"的姿态去挑战，才能在困难的面前，砥砺前行，在脱贫致富的攻坚战中交出优秀的答卷。而阿堂在回首滘联来时路的工作中,从一名志愿者转变为一位当地人文历史的挖掘者,从他逐渐热爱上滘联这片土地的过程,我们也不难发现龙舟精神——敢于开拓,才能收获。

来自 1983 年的老龙舟

滘联村史展的"水乡底蕴,多彩滘联"这一篇章,全方位地展示了正丫湾龙舟民俗文化村的面貌。在这一部分,观展者可以一饱眼福,将正丫村龙舟文化的"前世今生"看个明白。眼前的传统老龙头和龙图腾文创展品可谓栩栩如生,让人忍不住伸手,想要一沾龙气。

来自正丫村的洪村长一提到龙舟,犹如打开了话匣子。他不断地回忆起自己和龙舟结缘的过往。1983 年出生的洪村长介绍,如今在起龙广场前的河涌里埋着的那条老龙船,正是在他出生的这年打造的。关于这条老龙船,实在有太多神奇的故事。村里的老人们回忆起那一年,都忍不住竖起大拇指赞叹:这一年,村里的男丁出生人数最多。在他们眼中,这条龙船简直就是正丫村的超级吉祥物。"龙生九子,各有不同"的故事,大抵就是在 1983 年的正丫村得到了生动的演绎。如今,正丫村仍然是滘联社区人口最多的村落。

老龙船在 2002 年被深埋于河涌的淤泥之中。2017 年开始,村民们每年都要择选吉日"请龙出水",在正丫广场举行隆重的起龙仪式。正丫村起龙仪式的开启,也标志着东莞市龙舟月的启动,成为一张独具特色的地方名片。正丫村民上下皆以参加"请龙"为荣,以求沾得龙气,多子多福。当然,能下水"请龙"的,只能是村里的成年男性。

每一年的起龙仪式,洪村长都会想起自己年幼时村中老一辈人严肃的话语："个个人（每个人）都争着要上船，冇（没有）出龙舟钱的，不能上龙舟！"现在看来，这似乎是句略带玩笑的话语，却道出了老龙船在村民心中的神圣地位。

洪村长还记得，村里正是在1983年开始，每家每户每当出生一个男丁就要上交60块钱给村里。这钱是专门用来打造龙舟的"龙舟份子钱"，不可挪作他用。要知道，在80年代，60块可不是一个小数目，多数人家是没办法一口气拿出这么多钱的，只能先交上10块、20块的，挣到钱后再慢慢补上。至今为止，正丫村还保留着上交"龙舟份子钱"的习俗，随着经济的飞速发展，如今的60块钱，对村民来说已经不值一提，然而，这个习俗的传承，正彰显着龙舟传统在正丫村民心中所扎下的文化之根。一条龙舟，承载的正是每一个生于斯、长于斯的村民不变的乡土情怀和家国情怀。每一个从正丫村走出去的村民，永远会记得他的出生和村里的龙舟有着密切的联系。这是血脉相连的根。

龙舟虽已老去，但它书写传奇的脚步从未停止。2019年9月27日起，埋藏在河涌下的这条正丫老龙竟神秘地失踪了，直到13天后，过了国庆节才被人们发现。这条老龙舟竟在无动力的情况下，逆流而上，且毫发无损地潜游到了24海里之外的石龙镇。这再次书写了"老龙游东江"的神奇故事。

网红图书馆里的"龙气"

2020年初夏时节，东莞图书馆曾经因一个湖北农民工的留言而走红。这个热搜让大家看到了东莞这座城"知识惠东莞"（任继愈题字）的另一番面貌。

实际上，如果你愿意到东莞各个镇街的图书馆去走一走，你会发现，万江图书馆不仅仅因其书香味，更因其"龙气"而成为东莞的网红打卡点之一。每到周末，无论是报刊阅览区、普通图书阅览区，还是多媒体阅览区、阅读休闲区，甚至是孩子喜闻乐见的绘本馆，处处都可以看到低头看书的人影。

相比其他镇街的图书馆，万江图书馆更为吸引人之处，在于位于二楼绘本馆的那条龙舟，还有摆放在玻璃展台上的流涌尾北帝宫老龙头——广东省文物鉴定站专家曾在万江图书馆现场初步鉴定，这个老龙头始于明代或明代以前，该"木龙头"外形酷似龙的头部，圆润饱满、生猛逼真，却不见人工雕凿和雕刻痕迹，呈现灰黑色调的氧化层状（包浆），应是长期在江河中浸泡后的特殊效果。这一鉴定结果一出，人们赞叹不已，都乐意来这里看看这浑然天成的老龙头，好沾一沾它的龙气。2021年5月15日，这只老龙头作为万江街道的代表性龙头，和其他12个镇街的老龙头齐聚正丫起龙广场，在首次举办的"东江潮涌共享非遗"2021东莞龙舟老龙头特展中获得"最老龙头"的称赞。

2021年暑期，万江图书馆开展了以少儿龙舟为主题的绘本创编公益培训活动。广东省作家协会会员尧鑫老师和毕业于广州美术学院的周萍老师作为本次公益系列活动的主讲老师，开展了共五场培训讲座。在图书馆二楼的多功能厅，两位老师以"老龙头"为切入点，分别从故事创作和绘画技法两个方面，融入了万江各个社区的老龙头的故事，对20名少儿进行了细心的指导。这次系列活动中，孩子们也实现了惊人的蜕变——从刚开始只能写两句话，画简单的龙头轮廓，到最后一节课上，各个小组合作完成了一本又一本图文并茂的绘本书。在场的家长看到孩子们创作的绘本，忍不住惊叹这就是"天然的艺术品"！而这背后沉淀的，其实是两位老师在骄阳似火的七月，去万江的各个社区走街串巷，寻访老龙头踪迹，一五一十地拍摄、记载下来后，进行再创作而流下的汗水。

万江厚重的龙舟文化，正是得益于像两位老师一样致力于传统文化传承工作的人们，才得以传递下去。

细细思量，这不正是和龙舟打造者一样的工匠精神吗？敬业、专注、精益、创新的"工匠精神"，是实现中华民族伟大复兴中国梦的有力支撑！

少儿意气，挥斥方遒

一个地方的文化复兴，光靠老一辈人是远远不够的。只有让少年从小感受到龙舟文化的魅力，万江的龙舟文化才能在新时代的征程中不被历史的洪流所湮灭，从而闪烁出应有的灿烂光辉。

滘联社区能高瞻远瞩地谋划本土龙舟文化的未来，将少儿龙舟作为社区传统文化的一大特色，可堪一赞！2018 年和 2019 年，来自万江各个社区的少年儿童在社区文化宣传专员的组织下，参与了"少儿游龙"的活动。参加活动的人员有数百人，岸边围观也以数百而计，可谓声势浩大。

在专业运动员的指导之下，孩子们由父辈陪同，坐上了由李屋、张屋、谢屋和正丫四条经过翻新和维修的老龙船，开始了游龙活动。从丽拉公司埠头出发，经过滘联公园、李屋村河涌，往返麦屋河涌，过张屋村河涌和谢屋村河涌，到谢屋埠头犒船点，沿河道可以看见传统民居、滨江景观、民俗展示、宗室祠堂等各种景致。

每条龙舟都要到各个犒船点接受犒船，体验当地的犒船习俗，每到一个犒船点，都能听到鞭炮齐响的声音，孩子们的欢笑声和鞭炮声融合在一起，将游船的气氛点燃到一个又一个高潮。即便是天空下着小雨，也难以熄灭大人小孩的热情。

河岸边，包粽子、挂香囊、编手绳、煮龙舟饭活动也热闹非凡！不能下船的幼儿们或笑嘻嘻地拨弄着手里的传统玩具，或在母亲的怀里探头看船上的哥哥们游龙。若干年后，或许这些孩童不能清晰地记起每一个细节，但龙舟已经成为一个不可磨灭的烙印，刻在了他们的心里。

胡屋村的欧先生既是龙舟队的教练也是运动员。每天傍晚，欧先生都要在正丫湾附近的枝昌龙舟俱乐部去训练。欧先生有一个9岁的儿子。小男孩被父亲招呼着来到我的面前，因第一次见面，这孩子颇为认生，可是一跟他聊起龙舟，他就底气十足地说："我有很多个兄弟，都是划龙船的时候认识的！"我问起小欧同学："你什么时候学会划桨的？"小欧同学自信道："看得多了，就学会了，我第一次下船，就被教练夸划得很好。那些兄弟都要听我指挥！"来，小欧同学只是襁褓中的幼儿时，就常常被父亲带去看龙舟赛。2017年，刚刚5岁的小欧同学就在父亲的带领下上船摸桨了。每天，小欧写完作业后，父亲就会带着他一起去龙舟俱乐部训练，尽管大多时候他是在岸边观看，但被父亲遗传了基因的他早就有了过目不忘的本领，将父亲的本事都学到了。欧先生并非有意让儿子去传承龙舟文化，只是觉得水乡的孩子都是这样长大的，从小就耳濡目染，"沾沾龙气就好"。他也没有要求儿子一定要去学习划龙舟去做一名专业的运动员，一切都顺其自然就好。抱着这样自然、自由发展的态度，欧先生发现性格有点内向的小欧同学在龙舟上寻找到了自信。正交谈着，正丫村洪村长的儿子小洪也加入进来。小洪同学骄傲地说："我喜欢划龙船，我划龙船的时候可一点都不偷懒，如果我偷懒，龙船就会划得很慢。"

看似玩乐的划龙舟，实际上在潜移默化中让孩子们懂得了"勤劳不偷懒"的重要性，也收获了从别处无法获得的自信力。这又何尝不是龙舟精神的另一种表达呢？

龙舟文化，作为万江传统文化的代表性文化之一，体现着万江人民对悠久的历史文化的继承，更是一种集体精神的表征。

值得庆贺的是，2021年8月3日，在东京奥运会皮划艇的比赛场上，中华龙舟作为展示项目划入了奥运赛场。龙舟精神在世界范围内得到了展示。而龙舟，也将作为万江人民心中永远不会断的根缘，这份根缘，如东莞的母亲河东江之水，生生不息。

横坑的风骨

2022 年端午期间，在签下认购书后，我成为寮步镇一个新小区的业主。2023 年暑期交楼后，开始装修，从硬装到软装，我和设计师、工程师多次反复沟通，近一个月更是忙于收尾。周末，我连南城的家也不回了。邻居和朋友都说，好久未见到我了，就连常见面的闺蜜们也是半年才聚了一次。历时两年整，2024 年的端午，新家终于变成我理想的模样。

20 岁那年，大学毕业后我就在东莞工作。除去考了公费研究生继续深造的三年，再回到东莞工作，前后算来，我竟已在东莞待了十三年，户籍也早已从家乡的小城转到了东莞，所以，对东莞的镇街，我并不陌生，对于外地的同事来说，我甚至是他们眼中的"东莞通"。

我对寮步是熟悉的——家里用的三台用车先后都是在寮步汽车城购买，每次的保养也都在寮步的 4S 店。我走过不少次牙香街，青石板路的两侧香坊林立，时常和在这里开店铺的友人品沉香茶、喝沉香鸡汤，也闻过数次传承了二百年手艺的又一味酱园的酱香，更品味过西溪古村里各个酒肆、茶楼的不同风味……我自认为已经足够清楚寮步的轮廓——这是一个有文化底蕴的休闲小镇，恰似一个文静的小家碧玉藏在莞邑大地正中央的深闺之中，需要兄弟姊妹们去小心呵护。然而，在寮步镇作协组织的一次采风活动中，我看到了寮步的另一番模样，同时，也明白了自己对寮步事实上存在的误读。

横丽湖畔，旌旗猎猎，湖风萧萧，鼓声隆隆。无论是湖面的桥上，还是两岸的观景台、人行道，都是人头攒动的场面。这天上午，观看完"芒果文化节"的开幕式活动后，在横坑社区本土作家钟老师的带领下，我与同行的文友一路走、一路看，一边听着钟老师的介绍，一边感受着横坑社区龙舟趁景的闹与热。前一天，才刮过三次大风，下过三场倾盆大雨。采风的这一天，却是惠风和畅。仿佛昨日的风雨大作，就是为了让今天的"龙舟趁景"可以在天朗气清下令世人一睹为快。

出于天性，比起绚烂盛开的人间烟火，我更倾向于自在的清静。《大学》有云："静能生慧，慧能生定，定能生智。"不无道理。在横丽湖南岸看了两趟数舸争流的龙舟赛事后，转身之间，我被无人关注的《横塘古韵》历史文化长廊所吸引。长廊前空无一人，却不影响它屹立的姿态，也让我的静读成为一种寂静中的欢喜。

"横坑古称横塘……横坑人尊祖孝友，耕读传家，崇文重教，精诚团结，力争上游，敢为天下先。"默读着眼前的文字，我的脑海里跳跃出了这两个字——"风骨"。我似乎触摸到了这个始建于元朝延佑年间、历经七百余年而生生不息的横塘古村的风骨。

早在南朝时期，文艺理论家刘勰在其文艺著述《文心雕龙》中，就开辟性地将"风""骨"二字联合起来，置于文论的范畴进行阐释。"风骨"二字在现代汉语词典中的解释有二：一指人的气概、品格。形容人顽强的风度和气质。如《宋书·武帝纪》称刘裕"风骨奇特"。二指诗文书画等文艺作品呈现出的雄健有力的风格。如《魏书·祖莹传》中有"文章须自出机杼，成一家风骨。"而在横塘古村的一大姓氏钟氏始祖的身上，我看到了"风骨"的印记。

钟守呆公（1350-1422），元至今十年生于寮步佛岭。因少年丧父随母及兄长迁居岭夏，侄儿因其先父墓碑上刻有当朝皇帝违禁的"建文"年号，遭人告到官府获罪充军。代侄充军荒僻之地，家财也因此被抄去。充军期满归家后，于明永乐元年（1403）来横塘定居，为横塘钟氏始祖。

文中的"至今"年号应是刻字人的笔误，1350年当为"元至正十年"。而文段中的"当朝皇帝"，不难推断出是明成祖朱棣。"建文"是明朝第二代皇帝朱允炆的年号，关于朱棣如何取代自己的侄儿称帝，无论正史还是野史，都有不同角度的记载，这里就不赘述。这一段文字，作为传承横塘风骨的重要载体，生动地诠释了"孝""团结""敢为人先"等关键词。

读研时期，我的研究方向是明清杂剧，因而，对那样一个思想禁锢的时代，我有着一定程度的了解。"洪武时期，考试限用《四书》朱注；永乐时期，更命翰林学士湖广等人编纂《五经四书大全》及《性理大全》，且命礼部刊布天下，进一步实行文化统治。"（见郭预衡《中国文学史》上海古籍出版社1998年版）明朝的前期统治者借助皇权将宋代的程朱理学思想发展成为"天理"，以森严的理学秩序压制、禁锢人们的心灵。皇权专制的思想，可谓到了登峰造极的地步。"皇命难违"，犹如一把利剑挂在人们的头顶，一不留神，稍有违逆，灭顶的厄运就会降临，甚至祸及家族。

在岭南，却有一个名不见经传的钟氏后生竟然敢胆大妄为，公然挑战皇权，在其先父的墓碑上，刻下当朝皇帝明令禁用的"建文"年号，人人可观之、读之，这简直就是"大逆不道"！结果可想而知：抄没家财，充军发配边地。比起"抄家"，后者才更令人胆寒。关于钟守呆公的记述，只说是"充军荒僻之地"，并未告知具体的去处。要知道，在古代，岭南"烟瘴之地"向来就是古代官员被贬、罪犯流放之地，而本已身处岭南的钟氏后生，还要充军至更为偏僻的地方。充军，意味着要上战场，关于古代战场的描写，"将军百战死，壮士十年归"这样的句子已经能让我们感受到战争的残酷，何况真实的场景？文字记载中所用的是"荒僻之地"的字眼，这意味着生存环境比岭南这烟瘴之地还要恶劣！难以想象，结局无异于惨死他乡，这是何等的凄惨！令我感到意外的是，作为叔叔的钟守呆居然义无反顾地选择了为侄儿戴罪。联系其少年经历，我却又理解了他——钟守呆少年丧父，自然以长兄为父，成年后的他代侄受罪，极大程度是为了报恩于长兄。或许是上天眷顾，让钟守呆期满归家，在横塘定居。我想象不出，面对战场上的滚滚狼烟和残忍的厮杀，钟守呆会是怎样的奋不顾身。但是，我更为他感到庆幸，兴许，正是他的义举感动了上天，上天才让他得以在荒僻之地保全性命。

早在南北朝时期，就有"花木兰替父从军"的传奇为世人一代代流传下来。传奇之所以称为传奇，正是缘于主人公"风骨"的难得。实际上，花木兰这位女子的传奇故事的真实性还一直有待考证。而钟守呆则用他的经历，书写了一段"代侄充军"的真实故事。花木兰、钟守呆，一北一南，一女一男，从不同角度诠释了"孝"的含义，也让作为后世阅读者的我，读懂了何谓"团结"，何谓"敢为人先"。字典中，关于"团结"的解读是：为了集中力量实现共同理想或完成共同任务而联合或结合。古人家族观念深厚，钟守呆之举，实则还有一层深意：为家族留后，保存延续香火的实力。相比侄子，钟守呆自然要年长，反观之，侄子在繁衍子嗣方面的能力也自然比他要强。所以，为了家族的延绵不断，钟守呆选择了替罪的方式。在钟氏叔侄的身上，我同时看到了二人

"敢为人先"，即"敢于做别人不敢做之事"的共同点。这又何尝不是"风骨"的体现？

如扇形打开的横丽湖水浸润着眼前的一方水土，站在高桥上，俯瞰湖面，再遥望远处，横丽湖又似一根腰带紧紧地拥抱着这个古名"横塘"的横坑，似乎是为了将横塘钟氏始祖钟守呆公的"风骨"紧紧地扎入湖中，再用横丽湖的水去浸泡、发酵、沉淀，从而流淌到每一个钟氏子孙的心田。一个家族，能让其内在的"风骨"历经数百年而生生不息地流传下来，是何等的难得！钟氏子孙也的确做到了。且看《横坑抗日阵亡烈士英名录》中，百分之九十五是钟姓。在抗美援朝反侵略战争中，钟氏子孙里，就有空军飞行员、陆军指战员和志愿军战士毅然赴朝作战，或在战场上英勇牺牲，或立下不朽功勋。若要再往上追溯七百年，这些可歌可泣的钟氏族人的事迹，又岂是"一千零一夜"可以讲述得完的？

如果说，前文所述，都是淹没在历史车轮下的遥远身影。那么，我亲眼所见的钟氏后人，不论是那些在横丽湖上奋力划桨、声声震耳、勇争第一的"棹船郎"，还是主动担当导游、领着我们采风、不厌其烦地介绍村中留存的古芒果树的钟老师，抑或是在始建于1845年清道光年间，修复于2014年的芸裳居中，看我们走得口干舌燥，邀请我们进屋喝一壶清茶的芸裳公后人……这些钟氏子弟无一不在言谈举止中承袭了本村始祖钟守呆公的风骨和气度。

走着走着，读着读着，想着想着，我似乎读懂了横坑的风骨，也看见了寮步镇的另外一面——敢为人先，开拓进取。兴许，也正因此，寮步镇在"2024镇域经济全国100强"位列前茅。作为新寮步人，我期待着，可以在未来读懂寮步的更多面。

理想，是做好自己喜欢做的事

我有一个年龄稍长的女性朋友。五年前，她从公司的副总职位辞职，自主创业，开始做某产品的地区销售代理，如今，她已经成为了大中华区负责销售的副总裁。我很佩服她，一个已经三十五岁的女人，能毅然放弃稳定的工作，选择从头开始。今年，她刚好四十岁，拥有完全属于自己的成功的事业。我一直想探寻她成功的秘诀，也把她视作我的榜样。

像她这样成功的人，光鲜亮丽的背后肯定有许多不为人知的事情。和她交流的过程中，听她说话，我格外仔细。我发现，她说的最多的一句话是："一个成功的人，始终以比他成功的人为榜样。"

她常常忙到很晚，但是我从未在她身上看见疲惫、抱怨。在人前，她从始至终都以神采飞扬的状态示人。

我问她："你为什么这么能吃苦？"

她很惊讶地看着我，说："这怎么能叫吃苦呢？我只是在做我喜欢做的事情呀！"

"你不觉得累吗？"我反问道。

"有时候，当然会觉得累，但是，为了心目中的理想，我不允许自己退缩。"

"我一直想弄清楚，你到底是怎么成功的？"

"我时刻提醒自己，要拥有充实而有意义的人生。我已经找到了自己喜欢的事情，并确定了目标，全身心地投入进去，体会着其中的乐趣和成就感。仅此而已，只要做到，每个人都可以成功。"

我追问："有时，我做一件小事都会遇到困难，然后感到懊恼，你遇到过困难吗？"话一出，我便后悔了，我竟然问了这么弱智的问题。困难，谁没遇到过呢？

她笑了笑，说："世界上没有哪件事会一直风平浪静。就连人吃饭都可能会噎到，喝口水都可能会呛到。何况复杂的事情呢？不如想一想，能有多大的困难？困难会有天大吗？天塌了，还有高个子的人顶着呢！坚持自己的理想，然后确定符合自己的、切合实际的目标，当然，还需要信心。有时候，做得到和做不到，其实只在一念之间。有了信心就投入进去，不要考虑结果。只要足够努力了，就不会失望。最后，你需要做的就是品尝胜利的果实，并得到更多的激情和信心。其实，简单来说，就是遵循自己的内心，做好自己喜欢，最想认真去做的事情，成功终会到来。"

听了她的话，我想：我终于知道她成功的原因了。这些话，都只是她的轻描淡写，她所经历的种种，也一定不是简单的一段对话能概括的。可是，她能将所有的苦难都化作烟云，让它们随时间流散，只留给自己正面的能量——那就是理想。

实现理想，其实就是做好自己喜欢做的事情。当遇到困难时，我们该做的不是气馁、抱怨，而是让自己再次寻找到那个支撑点——即理想，加上自信，然后行动，最后，就是走向成功。

铭记：民丰路，351号

一

徜徉在被人们盛赞为"深圳小瑞士"的白石龙音乐公园，仿佛置身于一幅色彩明丽的油画之中，心也犹如花间振翅的蝴蝶在春风中轻轻扬起。站在山坡上，满眼的绿意遮掩了约三公里之外的白石龙老村。

时光的褶皱将那一段历史尘封，再历经岁月的打磨，成就了它们如今的模样——民丰路，351号。从白石龙音乐公园到这里，不到十分钟的车程。驱车抵达南门的停车场入口时，我反应了许久——门前只有一棵长势喜人的三角梅，枝叶繁茂，红艳艳的花儿张开着笑脸。眼前却是一派门可罗雀的景象。我对导航产生了怀疑：是这个地方吗？走下车来寻找，直至看到被硕大的三角梅挡住的"中国文化名人大营救纪念馆"几个大字，我才敢确认，这就是我此行的目的地。我重新走进车内，却发现闸门并没有自动打开，门口的保安竟也不知去向。我只好再次下车，走进闸门后面那间本应有保安人员在的监控室，看到桌面的一个遥控，我按下了开闸键，打开了门闸。这样一处本应该被铭记的地方，竟然冷清到连值守的保安都没有的境地，而让来访的客人自行进出。

　　驻足在偌大的露天停车场，目之所及居然只停着屈指可数的几辆车，这在停车为患的超级大都市深圳，简直是让人喜出望外的不可思议——要知道，在音乐公园门口的马路边，我绕了数圈，才在一辆车驶离后侥幸地恰巧占到了一个停车位。

　　相比热闹的音乐公园，眼前这一幢幢老旧的白色瓦房，仿佛早已凝固了的时光墓碑，在寂静中等待着来人探寻属于它们的秘密。老屋明显已被翻新过，白色的墙漆一尘不染，姿态沉静、安稳。望着它们，心也不知不觉地安静下来。难以想象，在那本红色的历史大书上，它们竟然书写了那样一段令人惊心动魄的岁月——那场秘密大营救，被誉为"抗战以来最伟大的'抢救'工作"。

　　想要看到这些房屋的原貌已是奢望。我想：这也并非它们所愿，也许，它们会更愿意我作为一个写作者，用脚步去丈量历史和现今的距离，用双手去触摸那已经凝结的时光，用心去倾听——虽然被尘埃封印，却仍在跳动着的历史的脉搏。我愿意用手中的笔去记录它们曾经的峥嵘岁月，以便更多人能够将它们铭记，而不是任其消散在历史的烟云里。

　　人们常常把岁月比作一条河，却似乎忘了：记忆，就像河面上的云雾，有时，说散就散。这座又名"鹏城"的城市，作为先驱者，犹如它的名字一般，在改革开放的进程中以展翅高飞的姿态，在经济发展的浪潮中不断腾飞、向前。居住在这座城市的人们也在快节奏的生活中，逐渐忘却了这些栖居在林立的高楼之间的矮小建筑。而它们，本不该被遗忘。

二

在清明节这一天走进这寂静之处，并非刻意。时间恰恰好，让我得以在这样一个特殊的日子里去寻找、缅怀故事里的那些人。这是一次为了铭记的祭奠。当那一段风云变幻的历史以黑白照片上的一个个生动面孔呈现在面前时，我听到内心最深处响起了历史的足音。这足音，犹如远道而来的哒哒的马蹄声，越来越近，越来越近……

白石龙天主教堂，这个面积83平方米的三开间屋子，在1929年由香港巴色会传教士出资建成的时候，应该也未曾料想过，自己在未来的某一个时期会成为一场大营救的指挥机关和接待站，成为一段惊心动魄的历史的见证者。我觉得，这似乎就是冥冥中的注定。作为天主教堂，它注定在十二年后踏上一条拯救世人、唤醒灵魂的征程。12，这个特殊的数字，被赋予了不同寻常的意义：循环与轮回。十二生肖为一个轮回；一天有十二个时辰，对应十二地支；一年有十二个月；天空中有十二星座……在诸多宗教的解释中，12，这个数字也被赋予了非同寻常的含义：佛教中，对于轮回的解释称作十二因缘论；耶稣有十二门徒，是天主教的第一批神职人员，也是耶稣开创的传教事业的继承人。

1941年12月9日，在日军将战火燃烧至香港、香港面临沦陷之际，时任中共中央军委副主席、南方局书记的周恩来同志发出急电："在香港的文化界朋友如何处置？住九龙的朋友撤出否？与曾生部及海南岛能否联系？"连续三个发问，道出了周恩来对远在香港的文化人士的真诚关心，也拉开了一场秘密大营救的序幕。这一天，尹林平、梁鸿钧、曾生、王作尧、杨康华等人，在白石龙天主教堂讨论、研究出营救困留在港九的文化人士和民主人士的方案。眼前一比一还原的雕像是如此逼真，还原了当时的情景：一张方形木桌，三人坐在长条椅上，二人在桌边站着。借助他们的表情和动作，我在大脑中努力还原出当时的场景。我要感谢匠人的巧手，站在天主堂的门口，乍眼往里瞧去，很容易误以为真的有一排人正在开会。即使走近他们，确认眼前的只是雕像，我也能身临其境地感受他们正在紧张而有序地讨论、分工、布置任务。

一个月后，也就是 1942 年 1 月 9 日，广东人民抗日游击总队正式成立，开始着手全面实施营救计划。长途护送，披星戴月，一程又一程，第一批以邹韬奋、茅盾为代表的二十多位文化、民主人士终于抵达了白石龙村。对于历史而言，这只是简单的一句话；对于他们而言，却是一场生与死的极端考验。

三

"风云惨淡泣香江，百载繁华付渺茫。回首九龙租借地，版图暂入敌人邦。"何香凝先生"惨淡"地泣诉了香港沦陷后的所思所感。那么，到底惨淡到怎样的程度呢？当时的粮食价格上涨了万倍，食物奇缺，饿殍遍野，港九街头已经沦为人吃人的炼狱。原香港退役华籍英兵李少希如今已是头发花白的年纪，他仍忘不了那时的惨状：晚上有人跑去割死人的肉回家煮来吃，居民饿得吃香蕉皮是常有的事。九龙一家私人医院院长李树芬博士曾统计，万余名妇女被日军强奸。更令人发指的是，"日军把妇女强奸完后就立即杀害，他们用车将被强奸后的妇女拉到海边，用刺刀一个个刺穿心脏，然后一脚踢到海里。"原港九大队老战士黄作才在口述这样惨绝人寰的情景时，我能想象他的心情，这是怎样的悲愤！这样一位战士，在日后的斗争岁月中，面对凶残的敌人，与之厮杀搏斗的时候，将会如何地满腔奋勇，让敌人胆战心惊。作为一名战士，他能够在一次又一次的殊死斗争中存活下来，我猜想：大抵是出于保护民族同胞，希望妇孺免于残杀的视死如归的决心吧！

日寇为了缓解粮食紧缺问题，强行驱散百万名香港市民离港回内地。乘着日军"归乡政策"的"东风"，在交通员的护卫下，邹韬奋、茅盾夫妇、廖沫沙、胡绳等二十多名文化与民主人士换上了广东人常穿的"唐装"，挎着小包袱，装扮成难民离开香港。

仅有"东风"是远远不够的，即使神机妙算如诸葛亮，也需要足够的时间运筹帷幄，才能决胜于千里之外。这段在如今的导航地图上看来仅六十公里的路程，他们从1942年1月9日夜里出发，至1942年1月13日傍晚抵达白石龙村，走了整整四天四夜。在当时的危急环境下，这是开展大营救计划的四条线路中唯一的陆路线，也是相对来说更便捷、安全的一条线路。四天四夜的路途在大营救方案中被分成了四段：从九龙红磡到荃湾，荃湾到元朗十八乡，元朗大帽山到落马洲，渡过深圳河到白石龙。除了计划周密，还需要过人的胆识和亲密无间的合作，才能将这场史无前例的营救落实下去。在交通员、短枪队、警卫班等人机智地轮番护送之下，邹韬奋、茅盾等文化人士躲开了日军的盘查，瞒过了日军，爬上了翻越大帽山的崎岖小路，在梅林坳的丛林之间穿梭，昼夜不停，完成了一场惊心动魄的大冒险。

然而，抵达白石龙，并不意味着就是安全的——日伪飞机轮番轰炸、放火烧山，国民党广东各军统站在接到重庆的暗杀电令后正奋力抓捕离港文化人士。离港只是这场大营救的首战，他们还有很长的一段路要走——苏北抗日根据地，才是他们的归属。庆幸的是，首战告捷，为未来的路带来了希望。

当我阅读到蒋介石发出的"邹韬奋身份特殊，容易辨认，经发现，就地惩办"这句电文时，我仿佛能够听到死神可怖的笑声，看到了黑白无常狰狞的面目。这是一场游击队和死神的较量，也是一次正义与邪恶的对决。游击队用"保卫祖国，为民先锋"的决心，在这场拉锯战中，在此后近一年的时间里，在历史上书写了抗战救亡运动的光辉篇章。三百多名中国文化的精英人士被营救，为新中国文脉的保存留下了红色的火种。

其实，历史的足音从未走远，我小心翼翼地倾听着这哒哒的马蹄声，从我的胸腔内传出了从未听过的和声，那是对历史的回响。纵然时间的车轮滚滚向前，仍会留下深刻的辙印，慢慢凝固，凝结成眼前的——深圳龙华，民丰路，351 号。

清明时节，风微凉，雨纷纷，我却感受到一种久违的温暖，那是什么呢？作为时光的阅读者，我在回味着，更想将它铭记。

等待的美丽

"紫霞映残浓，犹见万顷红。"喜欢夕阳，是喜欢它在天际涂抹上的那一片橘橙色。

喜欢夕阳，更喜欢等待夕阳。虽然"夕阳无限好，只是近黄昏"流露出的是遗失的美好，有着感伤与缺憾，而朝阳象征着升起与希望，比夕阳积极、乐观，但我还是喜欢夕阳，喜欢穿越白天与黑夜的夕阳。

小时候，我常常在门口的院子里等待母亲下班回家，看夕阳包裹着母亲，一抹金光常常落在她的发际。那个时候，夕阳是我的期盼。从此，我喜欢上等待夕阳——原来，等待也是一种美丽。等待夕阳，给予了我对母亲归来的希望。

今天，我又一次在等待夕阳。在夕阳即将出现的时候，我的视线里出现一位年过七旬的老爷爷。他站在傍晚的风中，翘望着前方，像我一样。直到夕阳洒在我和他的身上时，他依旧静静地等着，静静地望着远方，凝视着来来往往的人群。岁月已将他的皱纹缝成了一朵花，但他坚持以一棵挺立的树的姿态在等待。他在等待什么？正这样想着，我看见他笑了。顺着他笑着迎上去的目光，我看到，他要等的人出现了。在一片橘红色的辉煌里，他等来了白发苍苍的爱人。"老太婆，你干嘛去了？

怎么才来？""我看到了这件线衫，想着挺适合你的，就买下来了。""我都多大岁数了，还给我买新衣服。来，我看看。"老爷爷一边嗔着，一边很自然地和老太太十指相扣。这对白发夫妇渐行渐远，至从我的视野里消失。

突然想起了一句话："五百年前的一次邂逅，我就在佛前，为你跪成了一株守望的树。"是啊，孩提时等待夕阳，等待妈妈的身影；而老爷爷，在等待他的老伴。现在的我们，又在等待什么呢？是秋月里的北雁南飞？是匆匆过往里的花样年华？

似乎，等待有多长，我们的生命就有多长。也许，我们的日子因为等待而美丽。

其实，生活中，我们常常在等待：老母亲等待归家的儿女的牵手；婴儿等待母亲的抚摩；姑娘等待远行的恋人回乡的那一刻……这一次又一次的等待，不正使我们的生活充满期许，充满希望吗？等待的时光，因为见面的那一刻而变得充盈美丽。

等待的过程里，有思念、揣想、守望、等候……或许还有淡淡的寂寞，淡淡的忧伤，但不是疼，是幸福，是清茶的味道，苦涩却有清雅的香。

安拉，宽恕我们这些人，活着的和死了的，男人和女人，老人和孩子。安拉，你让谁生存，就让他活在伊斯兰之中，你让谁死去，就让他死在信仰之中。

——穆斯林的葬礼悼词

再一次合上这本书，我竟还是忍不住一声叹息。我已记不清是第几次重看这部鸿篇巨制——霍达的《穆斯林的葬礼》，只因其中蕴藏着的作者用心血倾注的无尽情思。掐指一数，从第一次读它，至今竟是第八个年头。

暖阳不知何时洒进屋里，屋内蓄满了阳光的味道，与心中氤氲的美丽结合，纠缠、缱绻着意犹未尽的哀愁。这种复杂的情绪长久地萦绕在心头，恰似小说结尾楚雁潮在新月墓地前弹奏出的那如泣如诉、如梦如烟的小提琴声。在这，我已无意重复那些能瞬间浸湿心田，让蒙昧的心灵成就一场"卡塔西斯"的诗意化的小说情节。

第一次接触这部小说，是在多年前高考结束后的暑期。那时，被题海淹没已久的我，终于获得父母的应允，一口气阅读了诸多荣获"茅盾文学奖"的作品。古华的《芙蓉镇》，张洁的《沉重的翅膀》，路遥的《平凡的世界》，陈忠实的《白鹿原》，王安忆的《长恨歌》……在文字堆砌起来的文学殿堂里，我近乎贪婪地感受着小说里的这些主人公带给我的震惊和敬仰。那些神奇、隐秘的故事将我牵引进一个心灵深处的美妙境界。

在如此多的宏大叙事的卷宗中，《穆斯林的葬礼》带给我的是全然不同的世界，不仅仅因为其兼具外族风俗和抒情意味的动人情节，更因为那一个个鲜活立体的人物。刚刚高中毕业的我自然无法全然感知其中的深味，更不懂得怎样运用理论去分析文本，只知读罢掩卷，心中缱绻的是无法言说的沉重、悲哀与惆怅。后来，上了大学，学了文学理论，虽尝试写过关于这本书的课程小论文，却终觉理性的文字难以倾尽它给予我的无尽感性上的遐思。

我对《穆斯林的葬礼》的喜爱是深切的。以至于曾经推荐一位认识的长相俊秀清逸的青年演员看《穆斯林的葬礼》，我半开玩笑地说："若是改编成电视剧，你肯定适合演楚老师。"他听了我的介绍，笃定地说："有空我一定去看。"大学毕业后，我参加工作，给学生暑假的阅读书目中，我首推的便是《穆斯林的葬礼》。这本书，早已成为我难忘的记忆。

去年暑期在北京的短期进修期间，我恰巧住在著名的牛街（穆斯林的群居之地）对面。我学习的学校正对面，就是中国伊斯兰教协会和全国最高伊斯兰教学府——中国伊斯兰教经学院所在地。然而，遗憾的是，我不是穆斯林，无法进入其内，只能无数次地驻足在主楼紧闭的大门外，仰视着它象征圆际天穹的大圆顶，感受着它浑身如玉般通透的清雅的绿。它是如此的安静和肃穆，我的耳边却萦绕着无数的对话，仿佛小说中那演奏了无数次的优美恋曲，丝丝入耳。兴许，这就是我们常说的静美。"新月"作为霍达在小说中描写的主要意象之一，长久以来，被读者们满怀情感地解读着。在那些凝神驻足的日子里，经学院主楼那个大圆顶的顶端镶嵌着的一弯新月，常常引领陷入神思的我穿越到女主角之一韩新月的面前，与她倾心对话。我总是这般痴痴地凝望着，终于，偶然的一次，我瞬间明白：哦，韩新月的死别与爱情的不可得，固然令人唏嘘叹惋，然而，她的过早离世，不正应证了那句话——"生如夏花之灿烂，死如秋叶之静美"。其实，不仅仅是她，还有她为玉而生、为玉而死的外祖父梁亦清和父亲韩子奇，不都是如此么？

这么想着，今日再次捧起这书，不再是沉重的心情，而是怀着一份对静美的向往，对崇高的追慕。于是，对我而言，书里的故事，不再是悲剧，相反，却似那笼盖四野的天空中的一弯新月，在黑夜中平添了无言的美；于是，我意外地发现，掩卷时的一声叹息，不再沉重，相反，心情却像那万千星辉环抱的月光，多了几分美丽。

读《穆斯林的葬礼》，我们可以哀愁，却毋须悲哀；我们可以叹息，却无须惋惜。因为，它带给我们的，还有美丽。

小说中那些长年缠绕在心间的细节，在此刻悉数化作了心中的美丽与哀愁。我想，明年再读它，又会是怎样的心情呢？常读常新，兴许就是经典的意义所在。

注：谨以此文与那些被《穆斯林的葬礼》感动的读者共勉。

《香水》有·毒·

当你得知一瓶足以令所有人为之陶醉、痴迷的香水，是用十三个少女年轻的生命换来的时候。相信，你会觉得，我用"香水有毒"来命题并没有错。

如果不是被强烈推荐，我很难想象自己能将这样一部电影坚持看下去。电影根据同名小说《香水》改编，原著据说也写得很好。我没有读过原著，不知道原著是否会因为文字造就的画面距离感，而让人不至于艰难地坚持。

一个以"香水"命名的影片，第一个场景却让人作呕，这是一个充满腥臭味、蛆虫满地、肮脏不堪的卖鱼场，主人公格雷诺耶就在这样的环境下降生。这个刚出生的婴儿一度气噎而死，却又奇迹般地活了过来。不幸的是，他的出生，带来了他母亲的死亡。

格雷诺耶对气味有着天生的惊人的感受力——即便再混杂的空气，任何气味都能被他清晰地分辨出来。这种天生的能力，注定了他将与香水结缘。他对香气的迷恋，超过对任何事物的眷恋。在巴黎著名香水铺的工作使他的天分得到了极好的发挥，也促使他成为一个优秀的香水调配师。

然而，不久，巴黎已经明显地不足以满足他了。格雷诺耶对香味有着执念的追求，这促使他想要制作出最完美的，让自己心仪、更让世人陶醉的香水。当格雷诺耶误杀的少女因尸体冷却而消失了令其痴迷的体香时，他开始想尽办法要学会复制、保留少女的体香。为此，他踏上了前往香水的起源地——格拉斯的路程。

在格拉斯，他很快学会了如何复制香味。从此，他成了一个杀人凶手。连续有十三个少女命殒在他的铁锤之下，被发现的时候，她们都是被剃光了头发的裸体。少女们被刮下来的新鲜体脂，成为他制作香水的重要来源。

格雷诺耶注定是一个孤独者。影片中，所有跟他有过接触的人几乎都最终陷入死亡的悲惨境地，所有人都无法理解他残酷的杀人手段。或许，格雷诺耶就是为了这样一个梦想而存在的。他的人生之路，似乎只是为了追逐这样一个梦想而被上帝设定了一条鲜有人走的路。一旦这个理想实现，格雷诺耶就会被架在接受审判和裁决的十字架上。

戏剧性的是——当格雷诺耶将他亲手制作的，用最完美的少女的体香凝制而成的香水公之于世时，所有的人如着了魔一般，在行刑的广场上脱光了衣服。他们欢喜交媾，施然陶醉。而格雷诺耶本人，也在幻想中回忆起了那个令他爱恋，却最终被他杀害的红发少女。

影片的结局更令人匪夷所思，从十字架上逃脱的格雷诺耶回到了他出生的难民区。他将整瓶香水从自己头上倾倒而尽。难民区里，贫困饥饿的人们如潮水般冲来，围着他，将他一块块撕扯殆尽，生吞活剥。这些人最想得到的就是不再饥饿。而格雷诺耶将自己最珍视，穷其一生追求的梦想——世上最完美的香水奉献给了难民。难民们闻到香味时候的神情，就好似看到一块巨大的鲜美的肥肉。

电影最后的画面是一个空尽的香水瓶，格雷诺耶被饥饿的难民们撕扯得全无痕迹。这个结局，应该说，无论对于世人来说，还是对于格雷诺耶本人来说，都是再好不过的。犯罪者受到了最严厉的惩罚，这是比刑罚还要惨重的代价。制作出最完美的香水，格雷诺耶也失去了活下去的意义。因为，他人生的终极目标已经达到。

十三个正当妙龄的少女，被残忍地剥夺了生命，无辜地成为了香水的原料，令家人痛心，令世人胆战，令观众叹惋。而 13 这样一个数字，在西方，长久以来也是罪恶的代名词。犹大作为耶稣的第十三个门徒，出卖了耶稣，成为了罪人。对于格雷诺耶，我们在因其残忍的杀人手段而感到恐惧、憎恨之时，又似乎能对他有所理解。——他只是为了酿造世间最完美的香水而已，而忽视了他在实现梦想的过程中所实施的手段是有多么狠毒。

《香水》想要传达的内涵之复杂不言而喻，欲望、罪恶、理想、信念、爱情、亲情等母题元素皆见。仅从欲望角度来说，长久以来，人们往往把人的本能欲望定位在金钱、性爱上。这样一个故事却警醒着我们：造物主如果把人的欲望仅仅设定在这等俗物上的话，那么，人活着的意义是什么？

《风暴》来袭

选择看这部电影，正是一个风雨交加的夜晚，和电影里的暴风雨场景相似。

《风暴》被归类为警匪／犯罪片，3D效果让如临其境的观众，有了相当程度的真实感。枪林弹雨的枪战场面，爆炸掀起的层层热浪，将警匪片俨然升级成了战争片，作为案件发生的背景城市也演变成你追我赶的战场。想起当年成龙上演的《警察故事》，在《风暴》面前，完全成了小儿科。《风暴》的演员阵容也颇为强大，影帝级别的刘德华、胡军、吕良伟成为剧中的三大主角。

影片最开始便以一个警察跟线劫匪，意图现场抓获劫匪的场景呈现在观众面前。紧凑、连贯的画面令观众不由得为之紧张，却不觉得突兀。与大多数影片真凶在案件的进展过程中慢慢浮出水面不同，《风暴》中早已在刘德华饰演的警官吕明哲面前预设了一个屡次犯案却因证据不足而无法抓捕归案的劫匪头目曹楠（胡军）。关于曹楠，我们可以从吕Sir台词中略知，"两次起诉他，一次证人莫名其妙地失忆，一次证人出车祸死了。他还要反诉我们。"我们也可以从曹楠在烂尾楼里杀人不眨眼的举动，探知其为人的凶残程度。面对这样一个视法律为儿戏的狠毒的惯犯，而且在亲眼目睹卧底姜皓文被残忍杀害，干女儿娆娆被歹徒从高楼扔下惨死在前往医院急救的路上，自己又差点被曹楠开车撞死的情况，再加上曹楠的那句"你死的时候，我会把这四个字送给你，贴在你灵柩上：奉公守法。"作为警察的吕明哲终于失控，选择铤而走险，他要用自己的手来判决罪犯，选择伪造证据将曹楠绳之以法。这是一个现实层面的问题：当正义遭遇瓶颈，我们该如何抉择？

当然，这里面有着更深层次的内容。那就是，曹楠是一个坏人、罪犯没错。然而，开场时的抢劫案，杀害姜皓文及其女儿的幕后主使并非曹楠，而是啪哥（吕良伟）。维护法律公正的好警官吕明哲走向违反法律公正的道路，目的是要让坏人受到惩罚，却让真正的元凶逍遥法外了。如吕 Sir 对阿邦所说："所以我经常会去停尸房看看。放走一个罪犯，明天大街上就可能多死一个无辜的人。……我一定要抓住他，哪怕他是我朋友，我同事，甚至是我老母。"庆幸的是，作为抢劫案参与者之一的阿邦，因为女友怀孕的关系，主动来到警局，告诉吕 Sir："我想做一个好人，做一个好父亲。"他道出了实情，这次抢劫、杀人的是啪哥，而非曹楠。

这对于吕明哲来说，无疑是一大打击，真凶尚在策划下一次抢劫。他问清楚了有几个人、是谁，用手指蘸了水，在桌子上画了相应的几个圈。这些举动，让我们明白：这个时候，他已决意杀光所有罪犯。如他后来所说："我不会放过任何一个坏人。"包括阿邦，这个虽然"投降"却犯过罪的人。

创作者的目的很明显，就是要通过这样一个复杂的故事来道出复杂的人性。我们可以合理地怀疑：吕 sir 杀降只是为了掩盖他伪造证据的真相。但杀降是谋杀的一种（何况是众目睽睽下的杀降），罪名不可能会比违反司法公正轻。作为一个警官，冷静是吕sir的特质。但我们仍旧可窥见其复杂的人性一面：小混混用伪造证据时的录像来威胁时，吕sir的表现是——抱头任他数次拍头凌辱，而不是拔枪灭口。当小混混因吸毒哮喘发作，吕sir虽然在理智与情感中纠葛，但最终没有选择救小混混，而是任其自生自灭。

然而，吕sir又是简单的，在他心中，对人的分别只有两种："罪犯"与"无辜"。正因为其简单，对待阿邦，吕sir的情感又变得复杂。这个罪犯阿邦曾经是他的同学，参与了惨绝人寰的犯罪行为，而这之后，阿邦又想成为并且正在成为"无辜"的人。"我想做一个好人，我想做一个好父亲。"于是，从瞄准阿邦到松开扳机之前，吕sir长时间地在犹豫，并最终放弃枪杀阿邦。

戏剧性的是：虽然吕sir放过了阿邦，阿邦却在逃往机场的路上，被大货车撞死。吕sir按照之前的承诺，以警局的立场给阿邦的女友寄去了一封信，告知其阿邦是卧底，还了阿邦一个心愿。有人说，这是一个赎罪的举动。在我看来，这并不是，吕sir是在为"无辜"者正名。观影过程中，内心很纠结——杀人场面、车翻人涌的爆炸场面，令人难以接受；而从影院走出来，却能引起关于人性的深沉思考。

好的电影，或许就是这样的，不必说教、灌输，只是讲述着一个复杂的故事，告诉人们人性的复杂，这就够了。

值得一提的是，朋友对让观众笑场的那句话念念不忘——劫匪的那句"刮风就不用打劫了吗？"让观众为劫匪的"敬业"不禁开怀一笑。

蒙太奇背后的人性真相

——我看《全民目击》

可以说，《全民目击》刷新了大陆片的悬疑指数，也挑战了大陆观众的侦探思维。

影片的剧情实在不能用复杂来形容。孙红雷主演的父亲富豪林泰为了替女儿林萌萌赎罪而上演了一场又一场假戏，但仍遮掩不住女儿杀人的真相。真相的背后，则是隐藏着的深沉的父爱——作为父亲，他宁愿被众人误会为杀人凶手，宁愿自己坐牢，也要拯救女儿，并希望女儿从这次事件中学会宽容，学会自我救赎。

然而，相对剧情，影片采用的表现手法可谓复杂。编剧、导演驾轻就熟地将蒙太奇用到了翻之为云、覆之为雨的境界，多种蒙太奇表现形式在影片中交织呈现，剧情因此得以紧凑有致。

叙述与倒叙述式蒙太奇

这是《全民目击》最基本的蒙太奇方式，是整部影片的基本架构。这种表现方式，一般用于叙述过去经历的事件和未来的想象。例如影片中的叠印、闪回、想象等所出现过去与未来景象的画面。

在一次次的闪回中，使得在上一次庭审中人物各种奇怪的表情、动作，莫名隐忍的话语，在下一次的叙述中得到了解释。简单的一个庭审，在多次的回环往复中，真相被反复重构，情节被逐渐拉长，也在浮沉变幻中不断吸引着观众。

复现式蒙太奇

从内容到实质完全一致的镜头画面反复出现，这种构成方式，叫作复现式蒙太奇。这种蒙太奇总是在剧情发展的关键时刻出现，意在加强影片主题思想或表现不同时期的转折。但反复出现的镜头，必须体现在关键人物的动作线上，只有这样，才能够突出主题，感染观众。

《全民目击》中的复现式镜头，多集中在庭审的场面，在人物进行的某一关键性行动加以再现。如郭富城饰演的控方检察官对富豪林泰在庭审上的扔东西的举动，对司机在被辩方质问时出乎意料地爆发等，实际上都成为容易引人思考的疑点。

对比式蒙太奇

富与穷、强与弱、文明与粗暴、伟大与渺小、进步与落后等等的对比，这在我们的观影经历中，应该是常见的感受。这也是一种很古老的蒙太奇形式，早在十九世纪电影的先驱者就用这样的对比表现贫富的悬殊与对立。

这种对比的艺术手法，在我国古典诗歌中也是常见的，如"朱门酒肉臭，路有冻死骨""高马达官厌酒肉，此辈杼轴茅茨空""富家厨肉臭，战地骸骨白"……

观看《全民目击》，对比式蒙太奇的镜头不少，撇开形而下的表面的身份、言语和性格方面的对比，我们单从同一场景下，两位律师，父亲和女儿，面对同样一个问题、同样一个事件时的不同反应，就可以推想出他们的性格差异。由于这种表现形式，观众得以在剧情的推演中，得知电影中的人物为什么会做出相应的举动。

然而，作为视觉艺术的电影中的对比，和作为语言艺术的文学的对比，又稍有差异。匈牙利电影理论家巴拉兹在《电影美学》中曾经这样谈到对比蒙太奇："一种视觉上的并列现象，在我们思想里引起了一种对比。反复并列的手法，迫使我们把两者加以对照。"由此，我们可以辨析出，电影对比，要求"反复并列"的镜头，而文学创作中，则没有限定。

错觉式蒙太奇

这种构成方法，目的是——故意使观众猜想到情节的必然发展，但是，在关键时刻，忽然来一个180度的转弯，后面接上的，是出乎人们预料的、截然相反的镜头。例如：在成见和舆论的导向下，在神秘人提供的视频资料的引导下，当所有人都以为凶手是富豪爸爸林泰的时候，在辩护律师和控方律师探寻真相的过程中，关于父亲花巨资伪造犯罪现场，用自己来顶替女儿林萌萌罪行的真相，浮出了水面。而这一真相，让双方律师都为此争辩的同时，也用"龙背墙"的传说，令观众被一股温情毫无意料地感染出泪水。

"他用生命换来你的自由，不是让你偷生，而是让你重生。"电影在一场堪称灵魂洗礼之用的大雨中结束，女儿林萌萌在大雨中泪眼泛滥。编剧的故意留白，让身处剧中的林萌萌接受了一次灵魂的升华，也让观众得到了情感的"净化"。这也使得电影成为不流于一般层次的庭审片和悬疑片。

多种蒙太奇形式的交织出现，使观众在一次次镜头切换的过程中，心情犹如过山车般跌宕起伏，而其中演绎着的温暖人性与真情，也成为《全民目击》广受好评的重要原因。

律政的外衣，蒙太奇的架构，充满温情的人性真相，让不少爱看电影的人想多看几遍。